AS PEQUENAS DOENÇAS DA ETERNIDADE

MIA COUTO

# As pequenas doenças da eternidade

*Contos*

2ª reimpressão

Copyright © 2023 by Mia Couto
Publicado mediante acordo com Literarische Agentur Mertin Inh.
Nicole Witt e K., Frankfurt am Main, Alemanha.

A editora optou por manter a grafia vigente em Moçambique, observando as regras do Acordo Ortográfico da Língua Portuguesa de 1990.

Esta edição contém parte dos contos publicados em O caçador de elefantes invisíveis, lançado em 2021 em Portugal pela editora Caminho, somados a contos inéditos em livro.

*Capa*
Alceu Chiesorin Nunes

*Imagem de capa*
Angelo Abu

*Revisão*
Jane Pessoa
Carmen T. S. Costa

Dados Internacionais de Catalogação na Publicação (CIP)
(Câmara Brasileira do Livro, SP, Brasil)

Couto, Mia
  As pequenas doenças da eternidade : Contos / Mia Couto. —
1ª ed. — São Paulo : Companhia das Letras, 2023.

  ISBN 978-65-5921-526-3

  1. Contos moçambicanos I. Título.

23-146102                                    CDD-M869.3

Índice para catálogo sistemático:
1. Contos : Literatura moçambicana          M869.3
Aline Graziele Benitez – Bibliotecária – CRB-1/3129

Todos os direitos desta edição reservados à
EDITORA SCHWARCZ S.A.
Rua Bandeira Paulista, 702, cj. 32
04532-002 — São Paulo — SP
Telefone: (11) 3707-3500
www.companhiadasletras.com.br
www.blogdacompanhia.com.br
facebook.com/companhiadasletras
instagram.com/companhiadasletras
twitter.com/cialetras

*Uma pedra ficou assustada ao me ver chegar.
E a pedra pensou que escapava
fingindo que estava morta.*
Norman Mayer

# Sumário

Um gentil ladrão .......................... 9
A imortal quarentena .................... 13
O caçador de elefantes invisíveis ........... 19
O vestido vermelho ...................... 25
O observatório .......................... 31
As pequenas doenças da eternidade ......... 37
A carta sem correio ...................... 43
A fumadora de estrelas ................... 49
O meu primeiro pai ...................... 55
Pássaros cegos ........................... 61
De reis mortos e águas vivas .............. 67
Matar o mar ............................. 73
O eterno retorno ......................... 79
O colchão ............................... 85
Submissa desobediência ................... 91
O vice-viajante ........................... 97
A outra ................................. 103
O apeadeiro ............................. 109
Morrer de raça .......................... 115
O parto póstumo ........................ 127

| | |
|---|---|
| A gota | 131 |
| A parede | 137 |
| A libélula | 143 |
| A alma têxtil | 149 |
| Colóquio de pedras | 155 |
| A cicatriz | 161 |
| A próxima visita | 165 |

# Um gentil ladrão

Batem à porta. Bater é uma maneira de dizer. Moro longe de tudo, só a fome e a guerra me vêm visitar. E agora, na eternidade de mais uma tarde, alguém fuzila com os pés a porta da casa. Vou a correr. Correr é uma maneira de dizer. Arrasto os pés, os chinelos rangendo. Com a minha idade, é tudo o que posso. A gente começa a ficar velho quando olha o chão e vê um abismo.

Abro a porta. É um homem mascarado. Ao notar a minha presença, ele grita:

— *Três metros, fique a três metros!*

Se é um assaltante, está com medo. Esse temor inquieta-me. Ladrões medrosos são os mais perigosos. Retira da bolsa uma pistola. Aponta-a na minha direção. É estranha aquela arma: de plástico branco, emitindo um raio de luz verde. Aponta a pistola para o meu rosto e eu fecho os olhos, obediente. É quase uma carícia aquele raio de luz sobre o meu rosto. Morrer assim é um sinal de que Deus respondeu às minhas preces.

O mascarado tem uma voz doce, um olhar delicado. Não me deixo enganar: os mais cruéis soldados surgiram-

-me com modos de anjo. Há tanto tempo, porém, que ninguém me faz companhia, que acabo entrando no jogo.

Peço ao visitante que baixe a pistola e tome lugar na única cadeira que me resta. Só então reparo que traz uns sacos de plástico envolvendo os sapatos. É óbvia a intenção: não quer deixar pegadas. Peço-lhe para baixar a máscara, asseguro-lhe que pode ter toda a confiança em mim. O homem sorri com tristeza e murmura:

— *Nestes dias não se pode confiar em ninguém, as pessoas não sabem o que trazem dentro delas.* — Entendo a enigmática mensagem, o homem pensa que, sob a aparência desvalida do meu lar, se esconde um valioso tesouro.

Olha em redor e, como não encontra nada para roubar, o intruso acaba por se explicar. Diz que vem dos serviços de saúde. E eu sorrio. É um jovem ladrão, não sabe mentir. Diz que os seus chefes estão preocupados com uma doença grave que se espalha rapidamente. Faço de conta que acredito.

Há sessenta anos quase morri de varíola. Alguém me veio visitar? A minha esposa morreu de tuberculose, alguém nos veio ver? A malária roubou-me o meu único filho, fui eu que o enterrei sozinho. Os meus vizinhos morreram de sida, nunca ninguém quis saber. A minha falecida mulher dizia que a culpa era nossa porque escolhemos viver longe dos lugares onde há hospitais. Ela, coitada, não sabia que era o inverso: os hospitais é que se instalam longe dos pobres. É uma mania deles, dos hospitais. Não os culpo. Sou parecido com eles, os hospitais, sou eu que albergo e trato as minhas enfermidades.

O mentiroso assaltante não desiste. Apura os métodos, sempre de modo tosco. Quer justificar-se: a pistola que me apontou era para medir a febre. Diz que estou bem, anuncia com um sorriso tonto. E eu finjo respirar de alívio. Quer saber se tenho tosse. Sorrio, condescendente. A tosse foi coisa que quase me levou à cova, depois de ter vindo das minas há vinte anos. Desde então, as minhas costelas quase não se movem, o meu peito é feito apenas de poeira e pedra. No dia em que voltar a tossir será para pedir licença nas portas de São Pedro.

— *Não me parece estar doente* — declara o impostor.
— *Contudo, o senhor pode ser um portador assintomático.*
— *Portador?* — pergunto. — *Portador de quê? Por amor de Deus, pode revistar-me a casa, sou um homem sério, quase nunca saio.*

O visitante sorri e pergunta se sei ler. Encolho os ombros enquanto ele coloca sobre a mesa um documento com instruções de higiene e uma caixa com barras de sabão, um frasco com aquilo a que ele chama de "uma solução alcoólica". Coitado, deve imaginar que, como todos os velhos solitários, ando metido na bebida. À despedida, o intruso anuncia:

— *Daqui a uma semana passo por aqui a visitá-lo.*

Então me vem à cabeça o nome da doença de que fala o visitante. Conheço bem essa doença. Chama-se indiferença. Era preciso um hospital do tamanho do mundo para tratar essa epidemia.

Contrariando as suas instruções, avanço sobre ele e

abraço-o. O homem resiste com vigor e escapa-se-me dos braços. No carro, despe-se apressadamente. Livra-se da roupa como se despisse as vestes da própria peste. Dessa peste chamada miséria.

Aceno-lhe sorridente. Depois de anos de tormento, reconcilio-me com a humanidade: um ladrão tão desajeitado só pode ser um homem bom. Para a semana, quando ele voltar, vou deixar que roube a velha televisão que tenho no quarto.

# A imortal quarentena

Bernardo acorda tarde, deprimido por ter acordado, angustiado por ser sempre tarde. Olha-se ao espelho, sem vontade de ser pessoa. Eis o que lhe resta: ser um escritor solitário no meio de uma pandemia. A imortal quarentena confirma todos os seus mortais desamparos: tem medo de não entender, tem pavor de não prever. Espreita, de viés, o relógio: afinal, ele sempre acordou tarde, deprimido e angustiado. Aliás, a angústia fica-lhe bem, a depressão é uma marca de distinção dos mais lúcidos.

Volta a sentar-se na cama, pesa nele uma sonolência que não se resolve com o sono. Sempre ficou em casa, custa-lhe agora o confinamento. Deixa os cortinados fechados: se deixou de haver rua, por que deixar a luz entrar? Sabe que o espera uma pilha de louça suja, um monte de roupa por lavar, um mundo de poeira para limpar. Custa-lhe desperdiçar a sua criatividade em tão rotineiras tarefas. O seu destino é outro, mais original, mais criativo.

As elevadas divagações ficaram para trás, Bernardo não para agora de pensar na empregada, d. Esperança

Maluane. Ainda ontem o patrão lhe ligou, em desespero, para pedir instruções sobre o uso do aspirador. *Isso não é o aspirador, dr. Bernardo, isso é o desumidificador. E já está avariado há mais de um ano.* Foi o que lhe disse Esperança, com infinita amabilidade. Consola-o pensar que a peste se fatiga a si mesma, como um inferno que se descuida e se prostra ante a sua própria imortalidade. A pandemia faz-nos prisioneiros sem cárcere, cria uma nação feita de culpa e de medo.

    Liga o computador, os dedos permanecem imóveis. Não lhe vem nada à cabeça. Limpa o teclado, desinfeta as mãos. No final desta tragédia sobrarão os puros, os que lavaram as mãos e a alma, os que não se deixaram conspurcar pela idade. Confrontado com o vazio, desiste. Este vazio é diferente dos outros, desses que ele inventava na sua sempre fingida solidão. Não está inspirado. Aliás, ele sempre foi contra a inspiração. Quem precisa de musas inspiradoras são os escritores menores. Um bom texto deve ser impenetrável. O segredo, aprendeu dos críticos, é ser quase imperceptível. O irmão, que é sincero, diz que a sua escrita não peca por excesso de densidade. Peca por falta de imaginação. *Não se encontra uma única história em toda a tua obra*, assim lhe dizia o irmão.

    Tenta rabiscar umas linhas. Cita Hannah Arendt, Walter Benjamin, Ludwig Wittgenstein, Merleau-Ponty. Tudo em vão. O único nome que agora o fascina é o de d. Esperança Maluane, a empregada doméstica. Sabe o número de telefone dela, mas não sabe onde ela mora, tem uma vaga ideia de que seja nos subúrbios de lata.

Mas ele nunca visitou um subúrbio. Não sabe quantas pessoas partilham a casa dela, não tem a certeza se têm ligação à energia e à água corrente. E imagina não serem adequadas as mensagens de WhatsApp que pensou reenviar-lhe encorajando a leitura de certos livros, as receitas de chocolate belga, a meditação transcendental. A empregada não tem um smartphone. Pensando melhor: não deve ter livros, nem chocolate belga, nem vagar para a meditação. O vírus é cego, mas a quarentena tem as suas hierarquias sociais.

Ele, que tanto escreveu contra a exclusão social, percebe agora que a sua vida foi um longo processo de exclusão. O atual distanciamento social sempre foi, afinal, uma constante na sua vida. Procura na lista telefónica um número de um amigo, de um colega, de um aluno. Mas desiste antes de começar. Sofre de um antecipado tédio do que será a conversa. A única pessoa com quem lhe apetece falar é com d. Esperança. Talvez não seja a hora apropriada, mas Bernardo não se consegue conter.

— *Diga-me, doutor, o que se passa?* — e a voz de Esperança já o acalma.

— *Preciso muito que venha aqui a casa.*

— *Não me assusta, patrão, o que se passa?*

— *Não sei, d. Esperança, acho que vivo um momento de disrupção.*

— *Está a sentir o quê, doutor?*

— *Acho que estou a passar por uma crise distópica.*

— *Mamanô!? Vou já para aí.*

— *Vem de chapa, d. Esperança?*

— Vou demorar porque só deixam entrar nove pessoas em cada viatura. Vou demorar, patrão. Agora fica-se duas horas à espera na paragem.
— Não esqueça de pôr a máscara.

D. Esperança encontra Bernardo estendido no chão junto do desumidificador. Arrasta-o para a cama, serve-lhe um chá e, sentada à cabeceira, canta para que ele adormeça. O escritor fecha os olhos e murmura: *Que belos são os cantos ancestrais indígenas.* D. Esperança corrige: *Esta é uma canção do Roberto Carlos, e é porque eu canto mal senão o patrão já a tinha reconhecido.* Bernardo confirma, contrafeito, a velha máxima: *A música explica melhor o universo do que todos os tratados de filosofia.*

A empregada ajusta o lençol sobre os ombros do patrão. É o que faz aos filhos. E é isso que diz em voz alta, não vá o homem pensar que ela se aproveita da situação. Retira da bolsa um livro e lê em voz ciciada, num tom de quem sabe amansar velhas angústias. Um sorriso nasce no rosto do dr. Bernardo. Ele julga escutar Virginia Woolf. O que ela lê é um manual de autoajuda.

E assim acontece nos restantes dias. D. Esperança vai lavando a louça, engomando a roupa e aspirando o pó. Enquanto trabalha, a empregada canta e conta. E até os silêncios dela falam de uma vida que o patrão desconhecia. Enlevado, Bernardo vai tirando notas num caderninho. Aquilo que antes lhe parecia a encenação do Juízo Final surge agora como a tardia — mas secretamente tão esperada — visita da musa inspiradora. Talvez nunca chegue a publicar. Mas ele sente que começou a escrever uma narrativa com alma, com gente, com história.

Pela primeira vez, depois do início da quarentena, Bernardo acorda, abre as cortinas, contempla a rua e recusa estar perante a derradeira versão da realidade.

# O caçador de elefantes invisíveis

*O invencível foi derrubado pelo invisível.*
O Caçador de Elefantes descrevendo
a pandemia da covid-19

Surpreenderam o caçador Lauro Tsatso a preparar uma armadilha junto de uma picada que leva ao Parque do Chimanimani. O homem reagiu defensivamente, pensando que esses que o abordavam eram fiscais da fauna e o tomavam por um caçador furtivo. Suspirou de alívio quando se apercebeu de que se tratava de uma brigada dos serviços de saúde. Vinham da capital da província, e o seu propósito era informar as comunidades remotas sobre a covid-19. Falavam em português, mas tinham dois tradutores para a língua shona. A mensagem principal era a mesma que tinham usado na cidade: recomendavam que todos ficassem em casa, respeitassem o distanciamento social e obedecessem às normas de higiene.

— *Ouvi falar dessa doença* — disse, de imediato, o caçador. — *Escutei na rádio do Zimbabué. Eles transmitem na minha língua, o shona.*

Os técnicos do ministério tinham a lição preparada e desbobinaram a receita. Explicaram, primeiro, que o vírus era invisível. O homem acenou com a cabeça, em vigoroso assentimento. Eram a sua especialidade, as criaturas invisíveis. E sorriu, confiante. Estava, afinal, entre colegas. Não havia competência maior: os bichos que ele caçava surgiam na véspera como entidades sem corpo. Até o elefante aparecia mais pequeno do que o nada. São espertos os bichos deste mundo. Não se deixam ficar por um único tamanho, não cirandam por uma única vida.

Educadamente, escutou as prédicas dos visitantes, aguardando o seu momento de falar. Pediu as mais variadas licenças, porque havia ali gente de idade e géneros bem diversos. E apresentou, então, o seu método para vencer os seres que fingem ser invisíveis. Esse método tinha um nome: o sonho. Devia dizer no plural: a sua produção onírica era, na verdade, bem variada. Os sonhos eram o laboratório de Tsatso. Eram o seu tubo de ensaio, o seu microscópio privado, a sua cabina de fluxo laminar. Os visitantes que estivessem à vontade para lhe pedir toda a colaboração. Podiam encomendar-lhe um sonho para ele descobrir por onde andava escondido o tal vírus.

— *Não sou como os outros. No meu caso, penso apenas por sonhos.*

Em silêncio, a brigada da saúde concordou que o melhor seria centrarem-se no essencial. Dedicaram-se, a seguir, a explanar sobre os mecanismos de transmissão do vírus. A transmissão aérea, as gotículas, os aerossóis. Tudo isso foi comentado. Lauro Tsatso encolheu os ombros.

— *Fiquem descansados* — disse ele. — *Eu raramente respiro. Durmo longe da minha mulher exatamente por isso. Ela farta-se de respirar. É de dia, é de noite, ela não se cansa.*

Complacentes, os da saúde sorriram: a reação do caçador não resultava de qualquer intenção irónica. Havia apenas um erro de tradução. Mudaram de tradutor e, de uma assentada, falaram de tudo: do vírus, da pandemia, dos assintomáticos, do achatamento da curva, do retardar do pico. Usaram todos estes termos em português. As mãos do tradutor, em apressado desespero, tentavam compensar a complexidade do discurso. Os olhos de Tsatso eram intermitentes faróis perdidos entre as curvas e as contracurvas do discurso.

Um dos brigadistas fundamentou, numa espécie de representação teatral, a necessidade do distanciamento social. O próprio tradutor se mostrou renitente. Tinham a certeza da relevância daquela instrução ali, no meio daquele deserto?

A recomendação seguinte foi mais concisa: o homem devia ficar em casa. E o caçador disse: — *Mas eu já estou em casa.* — E apontou a paisagem em volta. De novo, os da saúde sorriram, complacentes. Uma das senhoras que trazia uns sapatos de tacão alto aproveitou para esmiuçar as instruções: sempre que chegasse do trabalho, ele devia deixar os sapatos à porta da residência. E ela até exemplificou, apoiando-se no ombro de Tsatso para erguer a perna e libertar-se do calçado. O caçador também se ergueu para executar uma vénia e inquirir, com o devido respeito: — *E quando é que os vou receber?* — os visitantes não entenderam. — *Os sapatos, vão dar-mos agora?* — voltou a inquirir o caçador, já com o pé erguido para lhe tirarem as medidas.

Entenderam que se devia começar pelo princípio. E explicaram o fundamento e a intenção das medidas de prevenção. Tratava-se de aliviar a sobrecarga nos hospitais. Tsatso voltou a interromper. Essa era uma das criaturas mais invisíveis naquela região: o hospital. Mesmo nos sonhos, ele não vislumbrava nenhum posto de saúde. O mais próximo ficava para além do alcance dos melhores dos sonhadores.

E confessou: já antes tinha chegado uma outra brigada com ordens de fechar a escola. Fechar é um modo de dizer. Como se pode fechar o que não tem paredes nem porta? Agora, por baixo do frondoso cajueiro, restavam os bancos corridos, uma tábua pintada de preto e pedaços de mandioca seca que faziam de giz. Tudo desolado, vazio e solitário. Mas é assim, a vida é que manda. A escola tem parecença com o mundo dos vírus. Parece vazia. Mas há quem a povoe. Quem sabe, daqui a uns dois meses, quando a reabrirem, já as suas netas não voltem às aulas? Lugar de rapariga é em casa. Elas, sim, iriam ficar em casa. Agora e sempre. Que é para não apanharem a doença de sonhar. Nem com coisas visíveis e, menos ainda, com criaturas invisíveis.

Os brigadistas juntaram numa mala a parafernália de materiais de educação: cartazes, panfletos, marionetas e um megafone. Foram caminhando com dificuldade, arrastando os pés na areia solta. E ainda escutaram os gritos do caçador. À distância, os braços erguidos, o homem clamava na sua língua materna. Observando melhor, ele erguia um par de botas na ponta dos dedos. O tradutor apurou os ouvidos, encheu o rosto com um largo sorriso e explicou aos colegas:

— *O homem está a perguntar se, desta vez, não lhe deixamos uns frasquinhos com álcool gel.*

# O vestido vermelho

Em Muanza o chão é muito extenso. Por baixo desse chão há uma nuvem. Essa nuvem engravida todos os anos e, em cada estação, gera um filho que, na nossa língua, se chama "mvura". Os portugueses chamam-lhe "chuva".

A minha casa nunca ganhou raiz nesse chão. Mudámos a casa de sítio, mas ela nunca deitou raiz. A minha avó — que sempre conheci cega — esgravatava na areia bem junto às paredes e proclamava: *Nada, não germinou.*

Houve um tempo em que a avó chegou a regar as estacas de madeira que suportavam o teto. Escutávamos o balde a chocar contra as paredes de adobe, ouvíamos as suas imprecações enquanto tossia como se pássaros lhe saíssem do peito. Ao fim de um tempo, a avó desistiu.

— *Há outras razões para que esta casa não pegue* — resmungou. — *Os mortos são tantos que roeram a terra. É por isso que a nossa casa não germina. Não é raiz que falta. Foi o chão que morreu.* — Foi assim que ela falou.

Há muito que me ocupo a traduzir nuvens e chuvas que habitam a alma da nossa avó. Estas suas palavras eram uma advertência: dentro da guerra em que vivíamos havia uma outra guerra. Foi por isso que esta madrugada decidi meter pé à estrada, afastar-me da amaldiçoada casa. Sou viúva e o único filho que me sobreviveu há muito que foi para a cidade. Finalmente, eu ia ter com ele, sem saber onde o procurar. Mas havia, ao menos, uma procura. Nessa busca, eu voltava a ser mãe. E ganhava a raiz que faltava à casa e que me faltava na vida.

Na minha aldeia há um ditado: uma mulher que enfrenta sozinha a estrada é uma mulher que está despida. Os homens estão autorizados a fazer com ela o que quiserem. Essa mulher, dizem, está a pedir para ser castigada. E foi sob o presságio da punição que caminhei pela estrada deserta. Da areia que pisava soltava-se um fumo de miragem. Caminhei até o sol engolir a minha sombra. Foi então que, por trás de uns arbustos, saiu um grupo de soldados. Cercaram-me como fazem as hienas às gazelas. O mais alto deles deu uma volta em redor do meu corpo sem sombra.

— *De quem é esta mala?* — perguntou ele entre dentes. — *Roubou-a a quem?*

Permaneci calada. Estou habituada às perguntas que os homens me fazem. Não querem resposta. Apenas confirmação. Permaneci calada.

Aquela mala nascera uns anos antes, o meu falecido marido encontrou-a abandonada nesta mesma estrada. Segundo ele, a mala teria tombado de um dos poucos autocarros que ainda se aventuravam por estes lados.

Mal chegou a casa, o meu homem abriu a misteriosa bagagem e vasculhou as suas entranhas. No meio dos empacotados pertences havia um vestido vermelho. O meu homem olhava a roupa e fechava os olhos. Aquele pano, dizia ele, era feito para incendiar os olhos. Pedi-lhe — *Marido, vamos dar esse vestido ao nosso filho Orlando, que se vai casar.* — Chamei Orlando e ergui o vestido como um troféu de guerra, uma bandeira drapejando sobre a nossa miséria. No momento em que o nosso filho se preparava para receber aquela prenda, o meu marido empurrou-o fazendo com que tombasse desamparadamente sobre a fogueira. As queimaduras foram tão graves que ele ficou coxeando da perna direita até o dia em que fugiu de casa, da aldeia e do destino.

Na altura, ataquei o meu homem aos berros e aos pontapés. Erro meu: a raiva ainda me fez mais invisível. Serenamente, o meu marido voltou a meter o vestido na mala e fechou-a com uma corda. Com a mesma corda amarrou a mala ao teto. E avisou-me que não tocasse nunca naquela sua propriedade: — *Vou vender o que está nessa bagagem e compro uma nova mulher* —, foi o que ele disse.

Numa tarde de bebedeira, ele partiu para a cidade e deixou a mala em casa. Não se esqueceu. Os homens da minha aldeia podem se esquecer dos filhos. Das suas posses, não. Dias depois recebi a notícia de que o machimbombo em que ele seguia tinha sido atacado. É o que espero que agora me suceda: que estes soldados me deitem fogo e não reste de mim senão cinzas.

O soldado empurrou-me, derrubando-me sobre a areia e enxotando as minhas lembranças. Depois o homem mandou que me despisse. Fechei as pálpebras para não ver as minhas roupas tombarem no chão. Quando voltei a abrir os olhos vi que o soldado se começara a despir. Atirou a farda furiosamente para o capim como se quisesse deitar fogo à savana.

De novo fechei os olhos com tanta força como se não me bastassem as pálpebras. Escutei os passos do militar e pensei: *Deixou as botas calçadas porque está com medo.* Depois, pairou um longo silêncio. Entreabri os olhos para surpreender o soldado, inteiramente despido, colhendo o vestido vermelho com a ponta dos dedos. Para minha surpresa, começou a vestir aquela peça de roupa. Apesar de magro, o militar tinha dificuldade em apertar os botões. A barriga ficou comprimida, o sexo ficou de fora, ao pendurão, como uma serpente escura. Sacudiu com vigor o membro e os outros riram-se às gargalhadas.

Quando o militar se debruçou sobre mim gritei em prantos:

— *Não faça isso, meu filho, que se vai desgraçar.*

O homem olhou para mim, intrigado. Os meus braços permaneceram esticados para o alto, a implorar. E lembrei-me de uma razão para o fazer parar.

— É que eu hoje saltei a lua — murmurei.

Na nossa terra não se fala sobre o sangue das mulheres. É interdita a palavra como é interdita a presença da mulher que sangra. O violador ergueu-se atabalhoadamente e avisou os comparsas:

— *Meus irmãos, aqui ninguém se pode servir.*

O pranto toldava-me a visão e eu chorava apenas para deixar de ver o mundo.

Foi então que chegou um outro soldado. Não lhe distingui o rosto, mas percebi que era jovem, bem mais jovem do que os outros. Desatou a rir quando viu o comandante vestido de mulher. Parou de rir quando me viu estendida, indefesa. Por um momento, fixou os olhos em mim até ser interrompido pelos berros do homem que envergava o vestido vermelho.

— *Matamo-la* — ordenou o violador. — *Dizemos que foram os outros.*

— *Aqui não, meu comandante* — disse o soldado que acabava de chegar. E como se tivesse que se explicar, acrescentou: — *As mulheres devem ser mortas dentro de casa. Fora só se matam os homens.*

— *Tem razão* — admitiu o comandante, libertando-se do vestido. Todo nu, levantou a espingarda e emitiu a ordem. — *Leva-a para as ruínas da escola e cumpre o teu dever.*

O jovem soldado empurrou-me por um atalho como se estivesse apressado em cumprir ordens. Eu seguia à sua frente tropeçando nos meus próprios passos. Não via o rosto, não escutava uma palavra do soldado que me ia matar. Chegámos à escola, o edifício era um destroço, mas tinha mais raízes do que muitas das casas novas da aldeia. O militar colocou-se atrás de mim e pendurou o vestido vermelho sobre o meu ombro como se usasse um cabide. Depois senti no rosto a explosão do disparo. Tombei ensurdecida, apagada do mundo, abraçada pela terra.

Quando reabri os olhos eu estava dentro do sangue. Passei a mão para afastar um zumbido de mil abelhas e, sem querer, arrastei o vestido vermelho que me cobria o rosto. O soldado colocou-me a mão sobre a boca e segredou-me:

— *Agora, vá-se embora, em silêncio.*

E retirou-se lentamente, a espingarda sobre o ombro. *As armas pesam sobre as espáduas dos homens que são bons*, pensei. Talvez fosse por causa disso que este pequeno soldado coxeava da perna direita.

— *Espere* — gritei. — *Leve o vestido.*

Em Muanza o chão é muito extenso. Por cima desse chão se desenhavam agora as pegadas desse soldado. Essas pegadas eram as minhas no meu regresso a casa. Começava a chover. E o vestido vermelho se ia descolorindo nos braços do soldado, que se afastava todo encolhido no ventre da chuva.

# O observatório

Padre Bartolomeu, agradeço a gentileza de ter aberto a porta da sua casa para receber a minha confissão. Não sabia que os padres fazem horas extras e, ainda por cima, na sua própria residência. Mas eu pequei, padre, e quero ser perdoado. Desculpe a hora, mas para nós, os trabalhadores das minas, toda a hora é extraordinária. No fundo da mina é sempre noite. A mesma noite. Por baixo da areia o tempo dorme enroscado como fazem as sementes.

Lá, onde trabalho, não chega a luz nem o ar, mas chegam notícias. Sabe como é: as novidades infiltram-se por onde nada mais passa. Foi assim que ouvi falar da chegada dos europeus. Uma delegação de europeus tinha desembarcado na nossa aldeia, com viaturas e máquinas de todo o tipo. Era o que diziam os rumores. Assim que pude, escapei do meu turno de trabalho, fui à aldeia e confirmei que esses estrangeiros se preparavam para erguer uma grande construção. "Construir" é um verbo por que tenho respeito e inveja, talvez porque, no trabalho das minas, apenas nos ocupamos de serviços opostos: escavar, rasgar, explodir.

O meu avô — que morreu dentro da mina — dizia que, após tanto cavar, se encontra a Lua dentro da Terra. No caso desse meu velho parente foi o inverso: trouxeram o seu corpo para a superfície e havia uma espécie de luar que emergia de dentro dele. Estava deitado de bruços e era visível a marreca nas costas. Sofro da mesma deformação. *És um mineiro congénito*, era assim que me consolava o meu avô. Ser corcunda, dizia ele, ajuda a circular pelas galerias. Era assim que ele falava e parecia orgulhoso da sua condição. Mas eu não quero acabar os meus dias escavando túneis. Foi por isso que me ofereci para trabalhar na nova construção. Seria com certeza um hospital ou uma escola, que tanta falta nos fazem. Deus está longe mas está atento, senhor padre.

Os europeus montaram uma banca na praça e convocaram todos os homens que queriam concorrer àquele trabalho. O meu primo Geraldo estava na fila dos candidatos e explicou-me:

— *Estes brancos são cientistas e vão construir uma torre.*

— *Uma torre?* — perguntei, surpreso.

— *Um observatório* — acrescentou o meu primo.

— *Vamos ser observados?* — voltei a perguntar.

— *É para observar aves* — declarou Geraldo, e com os dedos longos desenhou um gesto imitando asas. Reparei que as unhas dele estavam limpas e cuidadas. E, por um instante, tive medo de que ele levantasse voo.

Quando chegou a minha vez, o cientista perguntou pela minha profissão. Menti. Não podia dizer aos brancos que era mineiro. O que poderia eu saber de pássaros se vivia com as toupeiras? Divaguei sobre as aves da nossa terra. Inventei nomes que não existiam em nenhuma língua: xinguitira, mururukweru, mbalalaia, xitutuíne, ntinituwe. E quando já nomeava o quinquagésimo pássaro, o europeu ergueu o braço.

— *Nenhuma dessas aves indígenas nos interessa* — disse o estrangeiro.

Fiquei desiludido com o desinteresse pela nossa fauna tão cheia de cor, tão cheia de cantos e, sobretudo, tão cheia de carne.

— *Só nos interessam aves de migração* — declarou o cientista.

Apeteceu-me dizer que aqui, na nossa aldeia, ninguém migra senão para dentro da terra. Limitei-me a esclarecer que o que mais abundava na nossa aldeia eram aves que vinham de longe para nos visitar. Risquei as nuvens com o meu dedo indicador e afirmei:

— *Os pássaros internacionais gostam muito deste nosso céu.*

— *Não há aves internacionais* — corrigiu o cientista. E repetiu que o que lhe interessava eram as aves europeias que atravessam o Mediterrâneo.

Aquilo, sinceramente, entristeceu-me. Por que aquela discriminação? Os pássaros não se distinguem pela origem ou nacionalidade. Uns são bons de comer. Outros têm ossos, penas e pouco mais. Mas não deixei que os meus sentimentos viessem à superfície. Sou um mineiro, há muito que me enterro dentro de mim. Com convicção, anunciei que as aves europeias eram as nossas preferidas. Não lhes disse que as minas, com seus ruidosos fumos e aparatosas explosões, há muito tinham afugentado toda a passarada da nossa região. Como dizia o meu avô, são os pássaros que fabricam o céu. E o nosso céu deixara de existir.

Mas o cientista não parecia ter paciência para me escutar e foi estendendo sobre a mesa um cartaz com imagens de pássaros. Eram fotografias a cores e os bichos estavam todos bonitos e sorridentes. A mim nunca ninguém me tinha fotografado com tantos cuidados.

— *Saíram muito bem nessa foto, esses pássaros* — disse eu para puxar das simpatias. — *Quase parecem gente.*

O estrangeiro pediu que, daquelas tantas aves, eu identificasse as que apareciam na minha região. *Todas*, disse eu. O cientista sorriu e fixou o olhar na capulana que eu trazia sobre os ombros para disfarçar o meu defeito físico. Perguntou-me se eu era um chefe tradicional. E disse então palavras que não poderei nunca esquecer. Disse assim:

— *A luta pela biodiversidade deve-se apoiar nas chefias tradicionais.*

Na altura, não entendi o alcance do que ele dizia, mas declarei-me logo um chefe muitíssimo tradicional. O europeu perguntou-me se, como líder comunitário, eu dirigia cerimónias religiosas africanas. Mais uma vez menti, que a minha especialidade era propiciar a chegada de aves de migração, fossem elas magras ou carnudas. Era uma espécie de serviço de encomendas junto das divindades africanas. Talvez este tenha sido o meu maior pecado, senhor padre, porque não disse aos europeus que, na nossa família, venerávamos o mesmo Deus dos católicos, esse Deus que nos escolheu para erguer torres e fiscalizar as aves que andam vagabundeando pelo planeta.

Hoje sou uma sentinela que vigia os céus, sentado no topo da torre. Essa função dá-me um grande orgulho. Há, porém, um segredo que apenas a si, senhor padre, posso confessar. Eu sou quase cego. De tanto ter trabalhado nas minas não enxergo senão no escuro. Uma poeira fina cobre-me por dentro, antecipando a cova do meu enterro. Essa espécie de cegueira impede-me de executar a missão que me foi incumbida. O que faço é inventar pássaros. Assinalo a sua falsa presença nesse formulário que os cientistas todos os dias colocam nestas minhas mãos, que nunca mais deixarão de estar sujas de carvão.

A minha mulher avisa-me de que não tarda que me expulsem do emprego. Não me importo, porque um dia destes vi chegar uma criatura que não podia ser senão um anjo. Pousou na torre do observatório, estava encharcado e cheio de frio. Pediu-me que o abraçasse. Tive medo. Não se abraça um anjo migratório sem cerimónia e sem os necessários cuidados higiénicos. Mas ele insistiu, os olhos cansados e os braços tremendo de frio. Estreitei o meu corpo contra o dele. Aos poucos, fui-me sentindo aquecido e o meu olhar ficou, como dizer, mais limpo. Esse anjo, agora, visita-me todos os dias. Com o devido respeito, posso dizer que somos amigos. Não preciso rezar para que ele compareça. Saudamo-nos com um abraço e falamos de terras inundadas de gente e de luz, onde os homens não morrem com o peito cheio de terra. Este observatório, que eu tanto desdenhava, é agora a minha igreja. Talvez o padre venha a rezar missa nessa torre. O senhor poderá não ver nunca nenhum pássaro, mas vai ser visitado por eles. Os cientistas não sabem, mas este observatório foi construído a mando das aves. Elas não querem deixar de nos visitar, mesmo que voem apenas dentro de nós.

    Não se engane, senhor padre: o senhor também trabalha nos subterrâneos. Não há nesta vida trabalho que não seja de mineiro, seja ele executado por cima ou por baixo da terra. Arrancamos pedaços do mundo e nesse vazio escuro vamos deixando de nos ver uns aos outros. Sabemos que estamos juntos quando um desastre faz desabar o teto da mina que todos partilhamos, neste mundo tão sombrio.

# As pequenas doenças da eternidade

*Na realidade não há adultos,
Há apenas jovens envelhecidos.*
José Emílio Pacheco

Peço a Deus que me dê a felicidade das pequenas doenças. Assim rezava a nossa vizinha Margarida Maralto. Na penumbra da sala, sentada num desgastado sofá, a senhora tricotava uma camisola de lã, sem saber para qual dos filhos a futura roupa se destinava. *Depois se vê*, dizia. *É consoante o tamanho com que ficar*, acrescentava. Falava como se a obra mandasse nela.

Margarida costurava enquanto Júlio, o mais novo dos filhos, a penteava com uma escova de madrepérola. Júlio era o meu amigo preferido. Uma e outra vez, assisti àquela encenação e vi como, no final, o meu amigo recolhia os cabelos tombados no chão para os erguer de encontro à luz da janela. Cada cabelo era um fio tricotando as nuvens. Júlio pendurava no céu os cabelos da mãe.

A costureira espreitava pela janela, mas não eram nuvens que ela queria ver. Esperava pela chegada do marido. Sabia que o homem a estava a trair com outra, algures num quarto alugado na cidade. Margarida tinha nos olhos toda a tristeza do mundo. Mas fazia de conta que não havia espera, que não havia marido, que não havia cidade. E era tão verdadeiro o fingimento que ela arriscava deixar de existir. Era, então, que o seu menino a salvava. Penteava a mãe, dizia ele, para que ela nunca morresse. Contrariava assim os pedidos que a progenitora dirigia a Deus, encomendando-Lhe doenças avulsas. Por via dos seus cuidados, a mãe ficava imune a essas encomendadas maleitas. Mais do que curada: Margarida Maralto tornava-se eterna.

Certa vez, Júlio pediu-me algo muito estranho. Suplicou-me que convencesse a mãe a não incomodar Deus com as suas disparatadas súplicas. E que a demovesse das suas inventadas doenças. Aceitei a incumbência pela simples razão da amizade. Quando visitei a vizinha Margarida e, de olhos postos no chão, me atrevi a falar-lhe destes assuntos, ela sorriu, condescendente. Ali, à minha frente, desabotoou a blusa e, por um momento, temi que se fosse despir. Mas ela limitou-se a exibir os ombros magros. E disse, com um sorriso triste: *Com tanta magreza não terei nunca grandes doenças. O meu filho*, disse ela, *fica aflito com as minhas rezas. A vantagem das pequenas enfermidades*, explicou ela, *é que acontecem sem causa nem culpa. Adoecemos porque foi essa a nossa escolha. Antecipo-me a Deus, entendes? No falso sofrimento da pequena doença,* prosseguiu ela, *esquecemos as verdadeiras e incuráveis dores com que iremos morrer.* E eu sorri, sem entender nada das suas entrançadas confissões.

De regresso a casa relatei aos meus pais o que se passara na residência anexa. Não estranhes, sossegou a minha mãe. A vizinha Margarida tinha ficado órfã quando ainda era uma criança. A infeliz tomou conta dos seus três irmãos. Por isso ela agora se devotava tanto aos filhos. Aos sábados entrava em casa com os braços cheios: *Vejam, meninos, trouxe arrufadas*. Sentadas na cozinha, a massa das arrufadas presa entre os dentes, as crianças riam-se de coisa nenhuma. E agora que os filhos todos já tinham saído de casa, restava-lhe Júlio com a sua infatigável escova de madrepérola.

Até que um dia se descobriu que Júlio sofria do coração. Uma válvula, disseram. Eu não queria ouvir: doía-me saber que Júlio estava doente. E doía-me mais ainda saber que o coração tem peças como se fosse um engenho. Havia, certamente, um erro. O médico não conhecia realmente o meu amigo para lhe diagnosticar um defeito cardíaco. O coração de Júlio era demasiado vivo para ter válvulas. Aos poucos, porém, o diagnóstico foi-se impondo como uma sentença: o meu companheiro, Júlio Maralto, sorria para me consolar. Mas esse riso tinha um custo e ele, de olhos cerrados, sorvia o ar com pequenos goles. E ficava cansado só de sonhar. Até que a própria alma se tornou um peso. Incapaz de correr, Júlio demitiu-se do seu posto de avançado-centro da nossa equipa. Restava-lhe o papel de árbitro. No primeiro jogo, porém, ele quase desmaiou quando tentou soprar no apito. E nunca mais assinalou nenhuma falta.

Um dia foi a vida quem assinalou pênalti contra Júlio Maralto. A minha mãe acordou-me cedo e levou-me pela estrada de asfalto que conduzia ao cemitério. Os meus dedos cravados nos dedos dela, a mão e a mãe, tão próxima a carne, tão gémeas as palavras.

Contemplei Júlio deitado num caixão e os olhos dele estavam semiabertos, os seus olhos pediam que os salvássemos daquela imobilidade. Nenhum dos adultos sabia responder àquele desesperado apelo. Só eu levei para casa aqueles olhos dele, arfantes e semiabertos.

No canto do cemitério, a nossa vizinha Margarida Maralto estava sentada numa cadeira e parecia uma rainha, as costas direitas, o olhar suspenso no infinito. As pessoas debruçavam-se sobre ela e dedicavam-lhe o impossível conforto de gestos e palavras. Margarida Maralto permanecia alheia. Quando me aproximei, porém, ela segurou-me no braço e fixou-me longamente para murmurar:

— *Agora é que o meu viver já não tem cura.*

Uma lágrima ameaçava soltar-se no meu rosto quando ela ajeitou com dois dedos os cabelos sobre a testa e perguntou:

— *Estou bem penteada?*

A minha mãe abraçou-a sem conseguir articular palavra. Foi a vizinha que a consolou: nós sabemos, somos mulheres, quem é morto sempre aparece. E as duas caminharam de passo lento, como uma antiga dança, até a porta das suas casas.

Agora, todas as tardes, vou visitar Margarida Maralto, mirrada dentro do eterno vestido negro. Naquele corpo, tão magro e escasso, não cabem nem pequenas nem grandes doenças.

— *Demoraste a chegar, já contei todos os meus ossos* — anuncia ela.

Depois suspira e, sem lamento, diz que já não pede nada a Deus. Nem saúde, nem doença. Contabilizou os ossos e as válvulas que trazia no corpo e verificou que são os que bastam, uns para sustentar lembranças, outros para devolver à terra.

Por fim, Margarida contempla os muros como se esperasse que eles florissem e ergue o pescoço para dizer que está pronta. Empunho a escova e penteio os seus cabelos cada dia mais brancos. A vizinha não demora a adormecer. E eu me retiro, pé ante pé, com passos pequenos e cansados como se em mim morasse um coração que não me pertence.

# A carta sem correio

Quem te escreve é o teu único filho. Cheguei ontem à tua cidade e pensei: vou-me já apresentar em casa da minha mãe. Há muito que sonhava por este momento: corria para os teus braços cansados e tu me abraçavas com força porque não há cansaço para quem acolhe um filho.

Depois, contive-me: o melhor seria escrever primeiro uma carta e poupar-te ao embaraço de não me reconheceres. Não sabes sequer o meu nome. É um privilégio teu, mãe. Quantas mães há neste mundo que não sabem como o filho se chama? O nome que me deste ficou fechado dentro de ti. Mas teremos tempo, amanhã, para que me digas ao ouvido, como se fosse um segredo só nosso.

Conto-te um pouco da minha história. Amanhã ouvirás o resto. Chamo-me Joaquim José Joaquim. José vem do pai. Esse duplo Joaquim foi ideia do pai para me afastar da minha origem africana. Para os meus amigos o nome não prestava. A gente do meu bairro tem um nome como quem traz um amuleto no peito. Para meter medo. E foi assim que de Joaquim os meus companheiros me rebatizaram de Djei Kim. Nome de DJ, nome de kung fu, nome de chefe de quadrilha. Djei Kim dava medo: americano, da parte do Djei. Chinês, da parte do Kim.

Tinha um nome, faltava-me uma carreira. No meu bairro todos têm a mesma carreira. Uma carreira congénita, uma ruína vitalícia. Empresários é o que todos somos lá no bairro e nenhum de nós tem empresa. Empresários por conta imprópria. No nosso caso, meu e do pai, temos uma oficina de automóveis. A nossa oficina é parecida com a vida. Por fora, engana. Por dentro, mente.

Podes ter orgulho no teu filho. A gaveta do meu armário não guarda o meu boletim de nascimento. Mas guarda objetos mais valiosos: a minha pistola, uma meia dúzia de matrículas de carro e revistas para adultos. E ninguém sabe disto senão tu, mãe. O segredo é a alma do negócio, diz o pai. O nosso negócio não tem alma. Não te quero afligir, o nosso negócio é vender e revender carros.

Não são viaturas em segunda mão. Não há mão nenhuma neste caso. O pai recebe viaturas que se perderam dos respectivos donos, nessas ocorrências que erroneamente chamam de "furto". Como diz o chefe dos mecânicos: é muito ténue a diferença entre transições e transações. As mãos do pai fazem com essas viaturas o que fizeram comigo: apaga-lhes a alma, empresta-lhes um novo corpo e depois coloca-lhe uma falsa matrícula.

O pai não pode saber das minhas confissões. A saudade é coisa de mulher. E é coisa de louco sentir falta de quem não se conheceu. Mas agora sei a minha história. Com medo de que essas saudades crescessem, o pai resolveu revelar o seu passado, sabendo que o passado de um pai é meio futuro do filho.

Não eram casados, vocês os dois. O pai fugiu assim que soube que te tinha engravidado. Veio à cidade apenas para assistir ao meu parto. Ficou na sala de espera torcendo as mãos. Com essas mãos me levou poucas horas depois de eu ter nascido. Embrulhou-me num pano e levou-me do hospital como se o edifício estivesse em chamas. Era ele que ardia, por dentro. Deitou-me por entre as peças, chapas, tubos de escape e as ferramentas da sua oficina. O barulho dos motores abafou o meu choro. E o fumo dos carros me encheu o peito e me reconfortou, como essas doenças que nos dão sono.

Nesse mesmo dia, as mãos nervosas do meu pai, cuidadosas mas sem carícia, embrulharam-me em novos panos, passaram-me para um novo colo onde pela primeira vez havia um seio. Esfreguei o rosto nele, a fome era tanta e tão nova que eu não sabia onde estava a minha boca. Suguei como quem sorvia o universo. Depois, levaram-me.

Esses que me levaram cumpriam um contrato. Ficavam comigo até eu saber onde estava a minha boca. E aprendi cedo: a boca era onde me faziam calar. Nem choro, nem palavra. Quem chora, pede. Quem fala, oferece. E os que me adotaram não queriam dar nem receber. Eu era transitório. Ninguém se apega a uma sombra.

Aos sete anos devolveram-me ao meu pai. Já tinha

idade para ajudar na oficina. Amaldiçoei-o por me ter arrancado dos teus braços. E amaldiçoei-te a ti por me teres abandonado. O pai consolava-me: *dá graças a Deus por seres órfão de mãe. A presença materna só nos enfraquece. Na nossa profissão temos de ser duros.* E eu perguntava: *na nossa profissão? Sim,* dizia ele, *a nossa profissão é sobreviver.*

Adivinho que estejas a abanar a cabeça, o braço apoiando a testa para que a minha carta não te olhe de frente. Estarás surpresa em me ver chegar assim: por via da caligrafia da escola. Confesso, mãe: eu escrevo muito e escrevo há muitos anos. Conto esses anos como se fossem a minha idade.

Certa vez, até me saíram versos e foi como se me nascesse a boca que não tive na infância. A gente usa as palavras como usa a roupa: para nos vestirmos. Mais do que isso, para ficarmos bonitos. O pai não pode saber disto, mas eu olho-me ao espelho e falo comigo, como se namorássemos os dois, eu e a minha imagem.

Um dia mostrei versos ao pai e ele pegou no meu caderno e os dedos dele caminharam sobre as folhas como se tivessem soltado das mãos e eu, todo aflito, porque as dedadas de óleo iam apagando tudo o que escrevi. Aos poucos, porém, fui ficando aliviado ao ver o papel todo manchado. O meu pai escrevia, sobre os meus versos, um outro poema. Foi a única vez que falámos, foi assim sem nenhuma palavra.

Tudo isso te vou dizer amanhã quando nos encontrarmos, mãe. Talvez venhas vestida à medida da tua alegria. O pai me disse que eras vaidosa. Talvez fosses apenas uma mulher que não tinha vergonha do seu corpo. O pai nunca escondeu o teu nome. Às vezes ele sonhava contigo. A voz dele fugia pelo escuro e o teu nome vagueava pela casa. Sei como te chamas, mas custa-me dizer o teu nome. Por isso, prefiro chamar-te como escrevi no início desta carta: *minha mãe*.

Amanhã cumprirei o sonho de me sentar à tua frente e esperar, em silêncio, que me chames sem nenhum nome. Só assim: *meu filho*. E eu voltarei a nascer, como se finalmente chegasse ao meu corpo. Não tenhas receio, mãe, de te faltar a vista. Joelhos sobre o chão, vou limpar a terra que te cobre os olhos.

## A fumadora de estrelas

Naquela noite dormimos todos de pé, apertados uns contra os outros, por entre as quatro paredes do edifício da administração. Edifício é um modo de dizer: um espaço vazio, sem teto, sem portas nem janelas. As paredes, todas esfarrapadas, eram o que restava da única casa de alvenaria da nossa aldeia. Ali nos refugiámos, as famílias todas de Kalimbué, tentando escapar a mais um ataque dos terroristas.

Na minha língua, "aldeia" e "família" dizem-se da mesma maneira. Mas agora tínhamos outro nome: éramos os "sobreviventes". Não havia casa que não estivesse de luto, não havia chão que não estivesse manchado de cinzas e sangue. E as estrelas eram buracos de bala num manto escuro.

Durante toda a noite, a minha cama foram quatro pessoas: Abudo, à esquerda, ressonava mesmo antes de adormecer. Halima, à direita, apoiada numa enxada, engolia o vasto peito em soluços e suspiros. À minha frente, Esmeraldino rezava ininterruptamente. Atrás de mim, Jonito não parava de ajeitar o cofió, apoiando-se ora numa perna ora na outra. E eu, no centro, adormecia apenas da cintura para cima. O meu sono estava deitado de pé como água num poço.

Lá fora, escutavam-se os disparos. Cada tiro rasgava os olhos de Esmeraldino, as pálpebras cerradas como se não quisesse voltar a ver o mundo. E fomo-nos espremendo de tal forma que ninguém se podia mover. Sorte a nossa não haver teto, caso contrário teríamos morrido asfixiados.

E assim ficámos durante toda a noite, sem um pedacinho de chão para nos enroscarmos. Em sussurro, Jonito ainda sugeriu que nos deitássemos por turnos e dormíssemos à vez. Um menear de cabeças manifestou a discordância geral: qualquer movimento podia denunciar a nossa presença. E por isso permanecíamos assim, colados uns aos outros, como ramos de uma mesma árvore, ou como uma escultura *ujamaa*, essas aldeias esculpidas num mesmo tronco. A enxada de Halima foi circulando para que, num breve instante, cada pessoa tivesse onde apoiar o seu cansaço.

Contemplei longamente as estrelas e invejei o seu infinito sossego. No dia em que entrei para a escola o nosso avô avisou-me: *Vão-te ensinar os nomes das estrelas. Não aceites. Batizadas, as estrelas tornam-se mortais.* Quando confessei que queria ser uma estrela o avô disse: *Nada mais triste que ser imortal.* Naquele momento, naquele improvisado refúgio, nasceu-me o desejo de chamar as estrelas, cada uma pelo seu nome. Quem sabe eu me sentisse menos desamparada?

— *Não consigo dormir* — queixou-se Halima, as duas mãos amparadas no cabo da enxada.

— *Faz de conta que não estás parada* — murmurou Esmeraldino. — *Faz de conta que estás a caminhar, assim é mais fácil permanecer de pé* — e dirigiu-se aos outros, sempre num fio de voz: — *Somos viajantes, meus irmãos, falta pouco para chegarmos ao destino.*

A mão de Abudo sobre a boca de Esmeraldino amordaçou-lhe o devaneio. E ele voltou a fechar os olhos. De novo, voltou a reinar o silêncio.

Num dado momento, Abudo remexeu nervosamente as mãos dentro dos bolsos. Pensei: o homem enlouqueceu e desatou a acariciar-me as pernas. Fixei os olhos no seu rosto: um cigarro pendia-lhe dos lábios. Não me apalpava as coxas. Simplesmente revistava os bolsos para procurar uma caixa de fósforos.

— *Estás maluco?* — perguntou Jonito. — *Queres matar-nos a todos?*

Tarde demais. Abudo riscava um palito de fósforo e o deflagrar da chama deixou-nos apavorados. O cigarro em brasa roçou-me o rosto. Com apoio da língua e dos lábios, Abudo revirou a beata passando a ponta acesa dentro da boca. Halima sorriu: é assim que fazem as mulheres. Diz-se na nossa aldeia: os homens fumam, as mulheres bebem cigarros. Naquele momento, todas nós, as mulheres, escondemos um malicioso sorriso enquanto Abudo travava o fumo no peito.

A seguir, o cigarro foi passando de mão em mão, acompanhado pela ciciada advertência: *Fumem como as mulheres.* A ponta ardente viajava pelo escuro como se fosse a derradeira estrela. Ninguém desamarrava o fumo, apenas aquele tição riscava a noite. Um cheiro doce trouxe-me a certeza: não era tabaco o que ali se fumava.

Chegou a minha vez. Recusei. Halima arrancou-me a beata das mãos e serviu-se com sofreguidão. Depois, disse-me:

— *Vou-te ensinar a fumar. Vais sentir um fogo dentro de ti.*

De súbito, um alvoroço percorreu a multidão. Veio-me então um pressentimento: Kadira! A minha irmã encontrava-se nos últimos dias da gravidez. E agora, horas de pé, estava sentindo as dores de parto. Fui-me aproximando, espremendo-me por entre as pessoas, cuidando de não pisar ninguém até ser abraçada por Kadira. Os olhos dela abriram-se, escancarados, como se fosse ela que estivesse nascendo. Tal como pressentira, as águas tinham-lhe rebentado. À volta de Kadira tinham criado um espaço para que ela se colocasse de cócoras. Uma capulana cobria o chão para dar leito a quem estava prestes a nascer.

Por cima da multidão vi Abudo a agitar os braços. Quando todos lhe deram atenção, ele abriu a mão na horizontal, à altura do queixo. Com um gesto lento, simulou o movimento de uma faca deslizando sobre o pescoço. Um calafrio me fez vacilar. Fingi que nada tinha visto, pedi que me passassem o cigarro. E aspirei profundamente, olhos fechados como se temesse que o fumo escapasse pelas órbitas. Debrucei-me sobre a minha irmã, arregacei as mangas e abri as suas pernas como se afastasse as margens de um rio. A pobre Kadira continha as lágrimas, mordia as dores, engolia os gemidos.

No fundo, ela sabia: uma mulher pode parir em silêncio, mas ninguém pode impedir o choro de um bebé que nasce. As contas eram fáceis de fazer: a vida daquela criança iria acabar com a vida de todos nós. Em Kalimbué há um velho provérbio: uma pedra pode atrapalhar mais do que uma montanha. Os olhares dos homens revelavam que, naquele momento, eles eram a montanha e estavam prontos a remover aquela pequena pedra.

Abudo foi abrindo caminho por entre a multidão, as costas ondulando como um dorso de serpente. Trazia as mãos afiadas, estendidas para esse corpo que ainda não existia. Num baixar de olhos, Kadira aceitou, conformada, esse antecipado destino. Mas eu barrei o caminho a Abudo e, com silenciosa fúria, proclamei: aquele menino tinha que viver! As minhas mãos falavam e o cigarro aceso entre os dedos iluminava a minha certeza. Sem que desse conta, uma muralha de mulheres rodeava agora a jovem parturiente. Abudo teria que passar por elas para se aproximar de Kadira. Para que não houvesse dúvida, Halima erguia a enxada em silenciosa mas convincente ameaça. A mão dela foi, por um instante, a boca de todas nós.

Voltei a debruçar-me sobre a minha irmã para lhe transmitir urgentes e atabalhoadas instruções. Logo a seguir, o parto aconteceu: o menino deslizou para as minhas mãos, esbracejando como um peixe que se libertasse das barbatanas. Foi então que o choro da criança se fez escutar. E aconteceu um milagre: o pranto era um piar de pássaro noturno. Entreolhámo-nos, entre aliviados e surpresos. Todos conheciam aquele pássaro, mas ninguém ousou dizer o seu nome. À pressa, encostei o recém-nascido ao peito arfante de Kadira. E o menino sossegou, tão ocupado em mamar que se esqueceu que já tinha nascido.

— *Que nome lhe vou dar?* — perguntou Kadira.

Contemplei a primeira estrela da manhã e disse: — *Sayari.* — A minha irmã sorriu e disse-me ao ouvido: — *Fumaste demasiado, mana.*

Sem que desse conta, a manhã estava despontando. Longe, os risos dos homens armados confundiam-se com o grasnar dos corvos. Os militares desapareciam na linha do horizonte. E Sayari dormia no colo de Kadira. Tinha um nome de estrela e aquele era o seu primeiro céu.

# O meu primeiro pai

Todos os domingos o meu pai anunciava que ia à missa. Nunca chegou a entrar na igreja. Pelo caminho, parava nos bares. Eram vários os bares e, mais ainda, as paragens que ele fazia. Encontrava as tabernas de olhos fechados como um devoto adivinha a presença da cruz no escuro. A gente, dizia ele, começa a beber antes de ter boca. O meu velhote bebia pelo cheiro. O nariz dos bêbedos ocupa o corpo todo. A sede da boca pode ser saciada. A do corpo não se resolve nunca.

Em cada taberna, o nosso pai ajoelhava-se e benzia-se de copo na mão. Fazia-o lentamente para não entornar a bebida. Perante um altar pejado de garrafas, misturava orações, impropérios e encomendas de mais aguardente.

Regressava a casa ao final da tarde. A nossa mãe espreitava por trás das cortinas. *Quem me dera que faça calor*, suspirava ela. Nos dias quentes, o marido entrava em casa já meio adormecido, sapatos na mão, os olhos à procura do olhar. Com o calor, a maldade saía-lhe do corpo, diluída em suor. No geral, porém, a chegada dele era temida, prenúncio de uma guerra sem panos brancos. O pai surgia no topo da rua, a mãe alertava-nos: *ele aí vem, vão para o quintal*. E corria a recebê-lo como quem se apressa a se entregar a um carrasco.

Por detrás das moitas, adivinhávamos a ágil dança da nossa mãe, escapando aos murros e pontapés. A arte de quem apanha, dizia ela, é evitar marcas. Dói mais exibir essas nódoas que o sofrimento da pancada. Era assim que ela falava.

Regressávamos quando os gritos viravam choro. Depois, quando reinava o silêncio, rodávamos com mil cuidados a maçaneta da porta. O pai esperava-nos na cozinha. Ocupava esse aposento que ele, com desdém, chamava o lugar das mulheres. A cozinha ficava ainda mais pequena com o nosso pai ali sentado, as pernas longas não cabendo dentro da casa. Havia uma destilaria dentro do hálito dele.

Aguardávamos em silêncio, prontos para escutar o que nunca chegou a dizer. Os bêbedos têm medo das palavras. Magoam-se mais ainda com o silêncio, esse fundo de copo irremediavelmente vazio. A luz tornava mais justa a sua apertada camisola interior. Temíamos a sua ferocidade, mas receávamos ainda mais tornarmo-nos parecidos com ele.

Sobre os joelhos o pai pousava os velhos sapatos, os únicos que tinha. A ponta dos dedos afagava as solas e era como uma desajeitada carícia, esse afago que ele nunca dedicou a ninguém. Depois de um tempo, os dedos impregnados de poeira, anunciava:

— *Vão lá, crianças, vão lá ter com ela!*
Corríamos a reconfortar a mãe, que jazia embrulhada nos lençóis. Eu sacudia o pó da almofada e nunca entendi por que o fazia, uma vez que, naquele leito, tudo era imaculado.
— *Durma, mãe.*
— *Não posso, meus filhos.*
— *Finja que dorme* — implorava eu. — *Assim ele não a importuna mais. E sonhe, mãe.*
— *Ultimamente* — dizia ela — *tenho-me esquecido de sonhar.*
Na manhã seguinte a mãe confessou à vizinha que o seu primeiro marido era totalmente diferente do atual. A vizinha sorriu, complacente. Estremeci, em pânico. O primeiro marido? Não tinha havido homem, nem outro casamento. A mãe sorriu quando lhe disse o quanto me magoava essa mentirosa lembrança. E explicou-se. Esse primeiro marido que ela inventava era, afinal, este nosso pai num outro tempo, antes do desemprego e da bebida. E nós éramos filhos, aliás, órfãos desse outro que se extinguiu dentro do atual esposo. Tantas vezes ela tinha rezado para que esse homem regressasse das brumas e, como um príncipe exilado, tomasse posse do nosso castelo.
Estranho paradoxo: a nossa família só se tornou completa quando a nossa mãe ficou viúva. Diz-se que um casal se torna perfeito quando os dois juntos continuam a ser apenas uma metade. Com a viuvez a mãe tornou-se metade de nada. Fomos visitá-la ao hospital. Segurámos as suas mãos e lamentámos o quanto o nosso pai

a fez sofrer. O meu irmão mais velho chegou a dizer algo terrível:

— *O nosso maior receio é termos herdado a violência dele.*

— *Engano vosso, meus filhos* — declarou a mãe. — *O vosso pai nunca ergueu um dedo contra mim.*

— *Como pode protegê-lo depois de tantos anos?*

— *Alguma vez viram uma nódoa negra no meu corpo?*

— *Então, de quem eram os gritos?* — perguntou o meu irmão. — *De quem era o choro?*

— *Eu gritava e chorava* — respondeu a mãe — *porque o vosso pai se agredia a si mesmo.*

O facto de a raiva do nosso pai se dirigir exclusivamente contra ele mesmo era uma prova de amor tão verdadeiro que, em prantos e soluços, a mãe implorava que o homem, nesses acessos de raiva, a agredisse apenas a ela.

— *O vosso pai só me tocou para me amar.*

O seu verdadeiro vício não era o álcool. O seu vício éramos nós, a sua família, que ele amava e que não sabia o que fazer com esse amor. O nosso pai nunca aprendera a exercer a ternura que havia nele. Tinha medo de se entregar e não regressar. A bebida afastava-o dessa carência.

— *Não era de sede* — murmurou a mãe — *que ele sofria. Morria, sim, de ciúmes da vida que havia em mim. Nunca houve outro homem e o vosso pai sabia. O que ele não perdoava era eu estar mais viva do que ele.* — Foi assim que ela falou e não havia lamento na sua voz.

Ainda hoje, na solidão da minha cozinha, passo lustro aos velhos sapatos que foram a minha herança paterna. E os meus trémulos dedos são os dele, os do meu primeiro pai, ciumentos da vida que é sempre dos outros. E calço os sapatos para me dirigir à taberna onde os meus filhos me virão buscar.

# Pássaros cegos

O meu pai queixou-se de que via luzes que o cegavam.
— *Surgem de noite, pai?* — perguntei.
— *De noite não me surge nada, estou a dormir* — respondeu, amargo. — *Para mais, o que sabes tu de luzes?*
— *Desculpe, pai, não o queria perturbar.*
— *Falei-te das aparições apenas para marcares uma consulta.*
— *No consultório médico?* — perguntei.
— *Não, no astrólogo* — comentou com cinismo.
— *Deve falar ao médico desses seus sintomas.*
— *Por que lhes chamas "sintomas"? São luzes. Luzes. Atravessam os céus como setas velozes.*

Estendeu o braço no vazio e apontou para além do horizonte. E comentou, mais sereno, que existia um sol dentro dele, por debaixo das pálpebras. Não havia como fechar os olhos, defender-se daquele estonteante fulgor. E aquilo doía tanto que, em certos momentos, lhe apetecia a sombra final. A penumbra das toupeiras que fecham as pálpebras para não ficarem cegas.

— O senhor, meu pai, passa muito tempo sozinho.
— Não quero que me façam companhia. Companhia faz-se aos doentes.

Baixei o rosto com o peso da culpa. Passam-se meses sem que o visite. A solidão era a sua doença. De tanto olhar o teto, nasceram-lhe cintilações.

— O seu sistema nervoso...
— Não tenho, nunca tive.
— O quê?
— Sistema. Nem nervoso nem qualquer outro. Não tenho metabolismo, não tenho organismo, não tenho reações químicas. Quando falar de mim, use palavras que me respeitem. Sou o seu pai...
— Vê por que é que ninguém quer ficar consigo? — disse eu. — Vá lá, deixe-me ajudar. Deixe-me espreitar o fundo dos seus olhos.

Estava certo de que não iria encontrar nada. Falsas queixas, simples apelação. Engano meu. Manchas brancas emergiam do fundo escuro daqueles olhos morenos. Pareciam andorinhas brancas no meio da noite.

— Estupidez, não há andorinhas brancas — afirmou ele.
— Como sabe, pai? Há andorinhas de todas as cores e feitios.
— Escolha outras aves — disse, sorrindo, o meu velho. — Andorinha não é pássaro que eu queira dentro de mim.

Marquei consulta. Demorou um mês até que o chamassem. Todos os dias ele me perguntava, ansioso, pelo exame.

— *Agora, as andorinhas já são aos rebanhos.*
— Bandos — corrigi.
— *Bandos?* — protestou, furioso. — *Bandos é para quando se fala dos criminosos.*
No dia marcado recusou-se a sair. A bem dizer, a recusa irritava-me, mas não me surpreendia. Ele sempre foi assim, impondo caprichos a quem ele mais amava.
— *Não vou. Já me habituei. As luzes são a minha mais fiel companhia.*
— *Por favor, pai, entre no carro!*
— *Um médico, o que é que um médico entende do meu caso? Sofro de luzes. Devias procurar um eletricista.*
No hospital, o meu velho demorou-se nos corredores. Passava uma enfermeira e ele parava, os olhos caçadores seguindo o vulto branco até ele se desvanecer além de uma porta branca.
— *Gosto de as ver fardadas* — comentou perante o meu agastamento. — *Pena a tua mãe nunca ter andado de farda.*
O médico mandou que se sentasse e mergulhou nas águas escuras dos olhos cansados do meu pai. Depois passou para outra sala. Perante os painéis luminosos com letras negras de diferentes tamanhos, o meu velho reclamou: *Estas letras já as li todas no exame anterior. Não tem umas novas, não receberam novidades?* O médico desistiu do exame oftalmológico. E quis saber mais sobre a conduta do paciente, parecia mais um psicólogo do que um oftalmologista. Fui eu que forneci detalhes, fui eu que descrevi a persistente solidão do meu velhote. No final do meu relato o doutor expressou-se de forma enigmá-

tica: *quem vive na sombra, inventa luzes.* Foi o que ele disse. E logo o meu pai corrigiu: *Pássaros.* E o doutor aceitou, displicente. *Foi exatamente o que eu disse, por outras palavras.*

Foi então que o médico abriu os braços e prosseguiu, agora com nova ênfase. *Há casos em que a solidão é um incêndio e a pessoa fica consumida por dentro.* E deitou-me um olhar acusador. Defendi-me, com convicção. *Que companhia lhe podia eu fazer?*, argumentei. *Se eu saía de manhã quando ele ainda não tinha acordado e voltava à noite, quando já ele dormia?*

— Quer saber a verdade, doutor? — perguntei. — A verdade é que não tenho tempo para ser filho.

— E a sua esposa?

— Separámo-nos, não tinha tempo para ser marido.

No caminho de regresso, o meu pai seguiu à frente, peito enfunado, passos determinados ecoando sincopadamente pelos corredores do hospital. Regressava não a casa, mas ao seu passado militar. Tinha sido oficial do Exército até o dia em que a nossa mãe morreu. Nesse dia deixou tombar no chão a farda, as divisas e a arma e saiu em roupa interior pela porta do quartel. Foi naquele momento que as primeiras asas brancas lhe atravessaram os olhos. Os dedos trémulos massajaram apressadamente as pálpebras receando que o vissem fraquejar em público.

— Gostou da consulta, pai?

— Gostei tanto que nunca mais lá volto. *Os médicos bons são aqueles que vemos uma vez na vida.*

E recordei-lhe as recomendações. Ele que saísse de

casa, passeasse pelo bairro, fosse ao parque. *Bairro, que bairro?*, perguntou. *E de que parque falas tu? Todos os terrenos foram convertidos em prédios*, resmungou. *Já não há jardins, já não há céu. E ainda te admiras que os pássaros me entrem pelos olhos?* Disse tudo isto e curvou-se perante o súbito peso dos ombros. E prosseguiu num ciciado desabafo: custava-lhe andar pelos enrugados passeios, a cidade estava mais envelhecida do que ele. Chegados a casa, bateu com a porta, reentrando na sua gruta escura.

No dia seguinte, dei início às obras. O plano era construir uma varanda, um espaço aberto onde o meu pai faria o seu recanto. Recusou, perentório. A casa era dele, a vida ainda lhe pertencia. As obras foram canceladas obedecendo à sua vontade.

— Mas, pai, *na varanda, o senhor entretém-se a ver as pessoas.*

— *As pessoas?* — perguntou o meu velho. E sorriu, sacudindo a cabeça.

— Pai, faça-me a vontade. Deixe-me acabar a varanda.

— Fico dentro, filho.

O teto da sua casa era o céu que lhe cabia. Foi o que ele disse, em murmúrio tão suave que parecia falar para não ser escutado. *Deixe-me, meu filho*, pediu. E pediu mais: quando o enterrassem que fosse dentro de casa.

— *Não é por mim* — explicou. — *É pelos pássaros.*

## De reis mortos e águas vivas

Quando o arqueólogo Ezequiel Nicolau chegou à aldeia de Mantidzia encontrou uma pequena multidão que o saudava num terreiro de areia branca, à sombra da grande mafurreira. Apresentou-se o visitante, explicou as suas intenções. Todos entenderam quem ele era. Ninguém percebeu o que vinha fazer. Sabiam que o doutor estudava os antigamentes. Sim, isso era claro. Mas andar a escavar o chão, isso não tinha cabimento. Abrem-se covas para semear morto, erguer casa, deitar semente. E há ainda outro secreto serviço: antes que uma vida comece, abre-se no chão uma fenda para deitar as sobras do parto. Agora, esgravatar o chão para desenterrar o tempo? Não cabe na cabeça de ninguém. O homem queria encontrar o passado? Procurasse dentro das pessoas. Escutasse conversas entre os vivos e os mortos. E se tudo isso não servisse, usasse o sonho, que, como todos sabem, é uma ferramenta para escavar lembranças.

Ezequiel Nicolau agradeceu a amabilidade dos aldeões e pediu as devidas licenças. Sabia que na margem da estrada para Mantidzia tinha sido enterrado um rei que governara aquela região havia mais de dois séculos. Os presentes entreolharam-se, intrigados. Que houvesse um rei sepultado, isso não causava espanto. O que não falta por aí são reis cobertos de terra e esquecimento. A dúvida era outra: como é que o doutor conhecia a localização de uma sepultura num lugar que ele nunca tinha visitado? O arqueólogo tirou da mochila um computador e ergueu-o como num tribunal se exibem as provas de acusação. Explicou como aquele aparelho, sem sair do seu lugar, espreitava, fazia medições e fotografava o mundo inteiro.

— *Essas novidades já conhecemos* — disse uma mulher. *O meu filho trabalha na cidade e prometeu que nos ia enviar uma máquina dessas. Diz ele que está cheia de teclas, mas tira boas fotos* — acrescentou a mulher.

E como prevalecesse um sentimento de desconfiança, o chefe da aldeia, Damião Nsala, usou da palavra:

— *Não é falta de respeito, meus irmãos. O serviço deste doutor é, faz conta, um coveiro ao contrário.*

— *Cá para mim ele é um desses das minas que chegou disfarçado* — comentou um outro. — *Esse doutor vem roubar as nossas riquezas.*

— *Não temos nada para ser roubado* — observou uma mulher. — *Nem por baixo nem por cima do chão.*

A conversa demorou toda a manhã, até que o chefe da aldeia proclamou aquilo que ele apresentou como sendo "o consenso geral". *O passado tem os seus donos*, disse ele, com solenidade. *Neste caso*, prosseguiu o chefe, os donos estavam muitíssimo ausentes. Podiam ser chamados, mas isso pedia farinha, bebida e uma cabeça de cabrito.

Na manhã seguinte toda a aldeia se juntou à espera de que o arqueólogo se apresentasse ao trabalho. E como ele demorasse a sair da tenda, houve quem comentasse: *para esses da cidade a madrugada só começa a meio da manhã*. Até que viram Ezequiel a emergir na estrada, arrastando duas pás e uma picareta. Assim carregado, o visitante parecia a pessoa mais sozinha do universo. As mãos pesavam-lhe no corpo, os pés pisavam cegamente os capins. A aldeia inteira seguiu as passadas do intruso, olhos presos em cada um dos seus gestos. E todos pararam quando o homem escolheu um lugar para abrir uma cova.

Mangas arregaçadas, o doutor elevou a pá para, desajeitadamente, a deixar cair, num gesto frouxo, a lâmina resvalando na superfície da terra. *Esse homem*, disse Damião, *não se dá bem com o corpo dele*. O chefe da aldeia deu um passo em frente e, sem cerimónias, ergueu a picareta para a afundar vigorosamente junto aos pés do visitante.

— *Começa-se com a picareta* — segredou ele ao ouvido do arqueólogo.

E os golpes sucederam-se com doce firmeza, como quem, sobre o ventre da terra, decepa um antigo cordão umbilical.

Embaraçado, o doutor entregou a pá a um camponês que, de imediato, se juntou à escavação. Sincopadamente, pá e picareta percutiam nas escuras entranhas como se nelas morasse um oculto tambor. Quando a cova começou a ganhar fundura Damião suspendeu o trabalho para anunciar: *agora aqui, já é ontem*. E depois de umas pazadas voltou a parar e ergueu a cabeça para anunciar:

— *Já chegámos à fundura certa. O doutor não sente medo?* — perguntou Damião.

— Medo? — reagiu, surpreso, o historiador.

— *Medo de encontrar o que tanto procura?* — insistiu o chefe da aldeia. — *É que esse rei vai mandar em si durante o resto da sua vida.*

— *Já não sobrevive nem poeira desse que aqui reinou* — vaticinou Ezequiel. — *Uns artefactos é tudo o que irei recolher.*

— *Não sei, doutor* — comentou o chefe. — *Ninguém morre nunca completamente.*

Escurecia quando o trabalho foi suspenso. Todos regressaram a suas casas. À luz de uma lanterna, Ezequiel Nicolau fazia anotações no seu caderno de viagem quando sentiu que alguém se aproximava. Abriu o zipe da tenda e espreitou no escuro: um homem alto com uma longa túnica branca sacudia-se como se fosse um fantasma. Vinha receber dinheiro. Não era para ele. Era para uma nova cerimónia com os antepassados.

— *Já paguei ao Damião* — disse o arqueólogo.

— *O Damião só é chefe da parte do dia* — esclareceu o visitante. — *À noite, sou eu que mando.*

— *Meu caro amigo: sou um cientista do Museu.*

— *Nós aqui da aldeia não queremos ser o vosso museu* — argumentou o chefe noturno. — *Que tal se fôssemos abrir buracos lá na sua rua, na sua cidade?*

Foi então que o arqueólogo Nicolau prometeu solenemente: se a pesquisa viesse a dar resultados, o chefe, aliás os chefes, ou, melhor ainda, a aldeia inteira, todos seriam devidamente compensados.

No dia seguinte todos os aldeões, incluindo o chefe noturno, empenharam-se a afundar a cova. O arqueólogo travava os ímpetos, recomendando mil cuidados: são delicadas as reminiscências dos antigos reis. De repente, como que por milagre, o fundo da cova encheu-se de água. Escutou-se o murmúrio surdo de um subterrâneo rio assaltando o vazio. Alguém murmurou: *vai ver que lhe cortámos uma veia.*

Ezequiel Nicolau era a imagem da desolação. Tanto esforço para nada. E desabou sob o peso da tristeza. Lembrou-se então das palavras da sua velha mãe: há momentos em que Deus ensina o quanto os joelhos pertencem ao chão. Quando reergueu o rosto, ele viu, espantado, como os aldeões festejavam. Estava ali, no fundo daquele buraco, aquilo que eles buscavam. *O rei, o nosso rei!*, gritavam. E todos imitaram o gesto do arqueólogo: ajoelharam-se e deram graças a Deus.

— *Que rei?* — perguntou o doutor, quase sem voz.

— *Esta água, doutor* — declarou, eufórico, Damião. — *Esta água é o nosso rei.*

As pessoas cantaram e dançaram usando as enxadas para marcar o compasso. Puxaram pelos braços do arqueólogo e fizeram com que ele partilhasse daquela celebração. Aos poucos, o cientista foi-se deixando possuir pela alegria geral. Afinal, pensou o historiador, quem reinava ali era um outro monarca, um outro rei.

Nessa outra realeza, mandava a vida. E nada pode ser mais vivo do que a água.

No dia seguinte, o historiador fez as malas, arrumou a tenda na bagageira do carro e já acenava um vasto adeus quando foi interpelado pelos dois chefes.

— *Não se esqueça da promessa, meu boss* — disse um deles.

— *Afinal, estamos todos felizes com o resultado da nossa cova* — declarou o outro.

Ezequiel Nicolau colocou o chapéu e os óculos escuros. Abraçou uma por uma as pessoas da aldeia. E sentiu que era ele mesmo o rei que havia tanto tempo procurava.

## Matar o mar

Meu pai morreu de um derrame: uma lágrima tombou-lhe do rosto e decepou-lhe os pés. Esvaiu-se em sangue. Na autópsia, descobriu-se que aquilo que parecia ser lágrima era o próprio coração. *Estava previsto*, disse Pascoal Guitundo, dirigindo-se à minha mãe. *O seu marido, d. Florinda, nasceu condenado*, repetiu batendo com o crucifixo na mesa onde jazia o corpo do falecido. Pascoal ocupava o cargo congénito e vitalício de "enfermeiro do Sétimo Dia". Assim se apresentava aos seus pacientes, que ele chamava ora de clientes ora de ovelhas.

Era noite, o gerador da vila tinha deixado de roncar. Dizer que estávamos numa igreja era excessivo. O local de culto era tão exíguo e oculto que nenhum deus daria pela sua existência. O caixão ocupava praticamente toda a sala e quase não sobrava espaço para o velório. As paredes dançavam à luz de velas espalhadas nos cantos da igreja. O enfermeiro Pascoal Guitundo deu um passo em frente e dirigiu-se à minha mãe.

— *Antes de rezar pelo nosso irmão, o Arnaldo, esclareça uma dúvida. Uma morte destas não acontece sem razão. Diga-me, d. Florinda, o que fizeram vocês lá em vossa casa?*

A mãe encolheu os ombros. Estava tão magra, tão vazia de corpo, que receávamos pela sua integridade sempre que fazia subir os ombros.

— *Não sei o que dizer, há anos que não fazemos nada.*

— *Entenda-me bem, d. Florinda. Há mandamentos do céu, há outros da terra. A senhora sabe bem a que me refiro. Os nossos costumes não estão escritos por escrito.*

— *Os mandamentos conheço, mas não sei se alguma vez cheguei a conhecer o Arnaldo.*

— *Viviam juntos há vinte anos, d. Florinda.*

— *Sou apenas a esposa. O que posso saber do meu homem?*

Apenas duas velas sobreviviam. A minha mãe separava-se do próprio corpo e esvoaçava em irrequietas sombras. Tive medo de que desaparecesse, engolida pelas paredes. O enfermeiro pediu que nos retirássemos. Longe do defunto, talvez a minha mãe ganhasse coragem.

— *Pense bem, d. Florinda* — voltou à carga o Pascoal. — *Para morrer com o coração tão atrofiado, grave ofensa o seu marido terá cometido. Fale à vontade, estou aqui como enfermeiro e como pastor. Esse seu Arnaldo... A senhora não suspeita de nada?*

Florinda hesitou, costurando os dedos uns nos outros. O medo foi rebuscando entre os pecados do marido. Há sempre um pecado mortal a que escapamos ilesos e sem lembrança. Mas ela apenas se lembrava de irrisórias ofensas do falecido. Recordou, por exemplo, como ele dormia sem tirar a roupa que usara durante o dia. Arnaldo dizia: *os homens que dormem de pijama não respeitam o que foram durante o dia.*

O enfermeiro não pareceu convencido. Aquilo era conversa para entreter tolos. Teria que haver outra razão para tão extraordinário falecimento.

— *Pense bem, d. Florinda. Não me faça passar um vexame de consciência. Aqui não há médico, sou eu o responsável da autópsia. O que é que eu vou emitir, no caso presente: uma incertidão de óbito?*

— *O meu filho* — diz a mãe apontando para mim — *talvez saiba esclarecer. Faz uma semana que os dois saíram juntos. Viajaram não sei para onde. Voltaram diferentes, não sei explicar.*

— *Arnaldo viajou? Uma viagem já pode ser razão suficiente.* — E, virando-se para mim, perguntou: — *Então, meu jovem, o que nos podes dizer dessa expedição?*

Os olhos de rapina do pastor pousaram em mim. Decidi falar, sem mais demoras. Lembrei o dia em que partimos em segredo, eu e o meu velho, em direção ao litoral. O pai levava apenas uma espingarda. Nem água, nem pão, nem catana. Apenas a arma. *Vamos para lá*, proclamou o velho Arnaldo. E prolongou a vogal: *lááááá.*

O senhor sabe, senhor pastor-enfermeiro, não se fala sobre o mar em nossa casa. Nunca em nossa família a palavra "mar" foi pronunciada. Somos do interior, temos os nossos rios e os espíritos que neles moram.

Mandou que chamasse o primo Bertolinho, um rapaz cheio de corpo, mas despido de juízo. Era ele que saía a buscar os bezerros perdidos no mato e os trazia ao colo de volta para a aldeia.

*Quero evitar uma tragédia*, confessou ele na primeira noite, enquanto Bertolinho acendia uma fogueira. *No dia em que eu morrer*, disse o meu velho, *o mar vai levantar voo e vai pairar sobre a nossa aldeia como uma nuvem espessa e imóvel. E o sol tornar-se-á uma pedra cega, e tudo deixará de ter tamanho. Quando isso suceder, todos ficarão a saber que morri.*

— Mas o que vai fazer lá no mar, pai?

— *Vou buscar o meu caixão* — respondeu.

Bertolinho manteve-se impávido, com o seu sorriso pateta estampado no rosto. Quando chegámos às dunas ele explicou: esse caixão que íamos buscar era a canoa que, há cinquenta anos, o trouxe até a nossa costa. Promessa que ele tinha feito à sua falecida mãe. Jurara que voltaria a usar essa canoa quando sentisse que se aproximava a sua derradeira viagem.

Na crista da duna passeámos os olhos pela imensidão da praia. Ali estava a velha canoa, meio quebrada de encontro às rochas. Descemos a ribanceira, os olhos do meu primo afogados na imensidão do mar para resgatar o barco que parecia cravado na encosta. Com os nossos dedos, tentámos arrancar a madeira da pedra, ousar separar aquilo que o tempo fundira como água e chuva. A canoa, porém, já perdera substância, toda roída pelos búzios, pelo sal e pelo tempo. E logo se desfez em poeira que tombou aos nossos pés.

— *Este barco já está morto* — anunciou o primo Bertolinho.

Foi aí que o meu pai se ergueu enlouquecido e galgou como um touro o topo da duna. Afundando os pés na areia, desatou aos tiros. Disparava contra as ondas, contra as gaivotas, contra as nuvens. De repente, tombou desamparado. Gemeu e, antes que o acudíssemos, estendeu os braços, aos berros:

— *Fiquem onde estão!*

E voltou a desfechar tiros contra as ondas do mar. Estava desfigurado, os ralos cabelos desgrenhados, uma baba escorrendo pelo queixo. O primo Bertolinho, aterrado, correu pela praia para nunca mais o vermos. E o meu pai tombou na areia, abraçado à espingarda, e assim se deixou ficar imóvel e exausto como um náufrago acabado de chegar a terra firme.

Por um momento escutei esse grande silêncio onde moram todas as vozes. Depois vi os braços do meu velho ancorados na crista da duna. Arrastava-se como um bicho e temi que ele reencarnasse a lenda dos homens que emergem do mar sem pés e cobertos de escamas. Ajudei-o a se levantar e percebi que sangrava dos pés. Não tive coragem de olhar, mas senti que deixávamos atrás de nós um rasto de sangue. *Não olhes para o sangue*, advertiu-me. *O sangue é como o mar, não se pode olhar.*

Caminhámos de regresso à vila, o meu velho cada vez mais derramado nos meus braços. Quando, por fim, entrámos no povoado ele corrigiu os meus passos: *Para casa não, leva-me para a igreja.* Foi assim que tudo se passou, foi nesta sala que ele foi morrendo. Sozinho, como foi o seu desejo. Aconteceu ontem à noite. Mas é como se eu ainda o carregasse nos meus braços.

No fim das suas forças o meu pai cingiu-me as mãos com o mesmo desespero com que antes apertara o gatilho da espingarda. Ajudei-o a que se levantasse e, por um instante, parecia que dançávamos, entrelaçados. Quis falar, mas da boca saiu-lhe não sei se um suspiro ou se a voz de um desses pássaros marinhos. O enfermeiro assegura que o que dele se soltou não foi senão a lágrima que lhe deçepou os pés. E dentro dessa lágrima estava o mar inteiro.

Depois de escutar este longo relato a mãe ergueu o rosto buscando uma luz pura no teto sujo da igreja. De súbito, com gesto decidido, avançou sobre a mesa onde jazia o marido e descalçou o defunto. Com a mesma determinação, estendeu-me o par de sapatos, os únicos que o meu pai tivera em toda a sua vida.

— *São teus, meu filho.*

Calcei-os, mesmo sabendo que me faltava tamanho para os encher. Arrastei-os pela estrada até chegarmos a casa. A minha mãe entrou para o seu quarto, sombra sorvida pelo escuro. Fiquei sentado na varanda, horas a fio, sem nunca tirar os sapatos. A manhã nasceu e vi o mar voando sobre a nossa aldeia. As asas do mar roçaram-me os pés, e os velhos sapatos, como duas indolentes canoas, foram-se afastando de mim. Para longe, tão longe da terra, tão dentro de mim.

# O eterno retorno

> *Ninguém perde outra vida senão*
> *a que vive agora nem vive*
> *outra senão a que perde.*
> Imperador Marco Aurélio,
> citado por Jorge Luís Borges

— *Envelhecer dá tanto trabalho que acabamos por ficar velhos.*

Era assim que a nossa mãe reagia quando lhe pedíamos para se guardar em casa e evitasse circular sozinha pelos caminhos arenosos da vila. De pouco valiam as nossas advertências. Dora Dorandina apenas obedecia à chuva. Nos dias cinzentos a velha senhora permanecia à janela olhando a paisagem.

Numa certa tarde, uma chuvinha mansa tombou sobre as chapas de zinco do nosso telhado. A nossa mãe fechou os olhos e disse:

— *Conheço esta chuva. É a mesma que caiu no meu casamento.*

Rimo-nos. Conhecíamos bem as extravagâncias de Dora Dorandina, mãe de cinco filhos e mãe de todas as crianças do mundo. À medida que envelhecia, a sua imaginação rejuvenescia. A chuva foi apenas o primeiro episódio de um longo rosário de misteriosas lembranças. Estávamos no início da estação das chuvas, o céu tornara-se mais espesso e as estradas converteram-se em revoltosos riachos.

Fosse qual fosse a razão, a verdade é que nossa mãe passou a viver mais e mais próxima das janelas. Todas as vezes que chovia, encostava o rosto aos vidros, escutava com os olhos parados e depois levantava a mão para confirmar que eram sempre as mesmas águas caindo no seu antigo chão.

— *Tudo se repete, tudo é um reencontro* — declarava seguindo com o dedo as gotas tropeçando bêbadas pelos vidros.

Aquela era mesma água que tinha caído durante a sua viagem de núpcias. E outra, e uma outra e mais outras chuvadas, todas elas validando o que já havia acontecido. Dora Dorandina sorria, surpreendida com a sua infalível memória.

Começou a estação seca, a nossa mãe passou a reconhecer os poentes. Sentada na varanda, o rosto inclinado para trás, de olhos semicerrados, murmurava:

— *Esta luz já aconteceu antes. Esta foi a tarde em que o vosso pai morreu.*

E sorriu lembrando o coveiro que cantava enquanto abria a sepultura do finado marido. Ao ser chamado à atenção, o coveiro explicou que cantava em todos os funerais e procedia assim para não ser confundido com o morto.

Passaram-se meses e a mãe sentada na velha varanda. Testemunhava a chegada e a partida dos dias, sem sobressalto nem novidade. Aos poucos, o mundo se tornava num imenso museu, a paisagem envelhecendo ante os olhos cansados da nossa mãe. Dora Dorandina não vivia. Apenas revivia. Para nós a explicação era clara: depois de um longo luto pelo marido, a nossa mãe desamarrava-se do silêncio. E ficámos tranquilos. Pouco nos importava que aqueles reencontros fossem inventados. Bastava-nos que ela fosse a inventora.

Certo dia, ela encontrou a vizinha que pilava no quintal com o filho às costas. Dorandina aproximou-se do bebé, sorriu e acenou:

— *Olá, Roberto.*

— *É uma menina e chama-se Cíntia* — emendou a vizinha.

— *Tem razão* — admitiu Dorandina. — *Essa menina é a Cíntia. Mas ela também é o Roberto, que era o teu avô, o pai do teu pai.*

A vizinha reagiu aflita. Revirou a capulana para abraçar a filha. A nossa mãe pousou o longo braço no ombro da jovem.

— *Não tens que ter medo. As mais velhas da nossa vila* — disse Dorandina — *sabem que quando os filhos nascem voltam a nascer todos os que nos antecederam.*

Em silêncio, a vizinha pediu-nos com os olhos que levássemos a nossa mãe para longe. *Adeus, Roberto* — declarou Dora Dorandina em jeito de despedida.

— *Por favor não trate a minha menina assim* — implorou a vizinha. E acrescentou, num murmúrio quase inaudível: — *O avô Roberto foi enterrado antes de eu nascer.*

— *Exatamente por isso* — disse a nossa mãe. — *Você,*

*minha querida, é muito nova para saber que tudo isso é uma grande mentira.*
— Tudo isso, o quê?
— Morrer. A morte é uma grande mentira.

Em pouco tempo, a vizinhança passou a comentar os poderes de Dora Dorandina. Quem diz a vizinhança diz a vila inteira. A nossa povoação era tão pequena que todos partilhávamos os mesmos sonhos. Os moradores estavam sempre em desacordo. Naquele caso, porém, reinava na vila a absoluta unanimidade sobre os poderes sobrenaturais da nossa mãe. Mesmo em nossa casa, se instalou a suspeita que Dora Dorandina era uma milagreira. Uns tem premonições. A nossa mãe tinha pós-monições.

Convictos de que algo de grave e obscuro se passava, levámos a nossa mãe ao hospital. O médico examinou-a com detalhe. E concluiu:
— *Nunca vi uma senhora em tão boa forma.*

Regressámos a casa, decididos a debater em família o desfilar de memórias inventadas de Dorandina. Talvez a nossa mãe se estivesse apenas divertindo. Foi o que pensou a minha irmã Leonilde.
— *Ou quem sabe ela esteja simplesmente com medo* — aventou a mana Luciana.
— Com medo de quê? — perguntei.
— *Não sei. Com medo do que está por vir.*

Essa revisitação do passado, sugeriu o nosso irmão mais velho, trazia à nossa mãe o conforto de algo já vivido. — *É assim a velhice* — reconheceu o nosso irmão. — *O futuro da nossa mãe já aconteceu* — concluiu.

O tio Fausto que era professor de filosofia defendeu a ideia daquilo que ele chamou de Eterno retorno. E citou Platão, citou Nietzsche e, sobretudo, citou-se a si mesmo. É uma estratégia óbvia, explicou ele. Dorandina negava a estreia das coisas. E não sendo nada novo, ela nunca envelhecia. E leu pausadamente o testemunho de um imperador romano, chamado Marco Aurélio. Ninguém entendeu o que ele queria dizer. Pelo nome do tal romano todos acreditaram ser um futebolista brasileiro a jogar numa equipa italiana. A nossa mãe interrompeu a conversa para dizer do gosto que tinha em ver a família conversando de forma tão amena. *Faz-me lembrar o dia em que...* E nós não deixámos que ela terminasse a frase.

Dias depois, a mãe tombou à porta de casa. Corremos a ampará-la e trouxemo-la, ainda abalada, para o cadeirão da sala onde ela se sentou de olhos fechados. Ficou assim um certo momento e depois sorriu e disse:

— *Não fiquem aflitos. Isto já me aconteceu antes.*

— *Lá isso é verdade* — disse a nossa irmã. — *Quem de nós não deu um grande tombo?*

— *Não falo em cair, minha filha* — disse a mãe. — *Falo em morrer. Todos os dias nos acontece, não é verdade?*

— *Não diga isso, mãe* — suplicámos em coro.

A seguir ela chamou-nos pelo nosso nome completo, beijou-nos a testa que lhe oferecíamos ajoelhados. Suspirou fundo antes de voltar a falar:

— *Já estou de pálpebras cerradas para não dar trabalho a ninguém.*

Admitiu então que tinha mentido porque não existe verdade quando se trata do passado. — *Não sou eu que me lembro dos que já se foram* — declarou Dorandina. E acrescentou: — *São eles que se lembram de mim.*

E agradeceu-nos pelos dias de que se lembrava. Agradeceu mais ainda pelos dias que não conseguia lembrar. *É preciso ser muito feliz para não se dar conta que se vive.* Foi o que disse Dora Dorandina. Depois, ela permaneceu sem palavra, sem gesto, sem lembrança. E nunca antes ela tinha estado tão calada.

Hoje, anos mais tarde, os meus filhos sorriem quando, nos dias de chuva, junto à janela eu murmuro:

— *Conheço esta chuva...*

# O colchão

*Só sabes o que é a água quando
a carregares sobre a tua cabeça.*
Provérbio africano

Em casa de pobre até o tempo emagrece. Sei por mim que comecei a envelhecer antes de ser criança. Mandaram-me calar ainda eu não falava. Mandaram-me varrer e eu tinha mãos apenas para brincar. Vantagem de uma vida que não começa: chega-se ao fim sem precisar de morrer.

Os meus irmãos entraram na escola. Eram rapazes. Fiquei em casa à espera de ser esposa. Longas horas deitada na esteira, as mãos da minha mãe trançando-me os cabelos, meu único enfeite. *Os teus cabelos são espessos*, dizia a mãe. E acrescentava: *não vais sentir o peso da água sobre a cabeça.*

Sabíamos a razão daqueles cuidados: aquele penteado era um investimento. A beleza das tranças aumentava o valor do meu dote. Alheia a esse destino, eu sonhava com a escola. Sonhei tanto que as mãos se tingiam do branco pó do giz. Os meus irmãos deixavam ao sol uns pedaços de mandioca que, depois de secos, eram usados para escrever no quadro preto da escola. De noite, eu pedia a Mandinho, o meu irmão mais velho, para me riscar na pele as letras do abecedário. Mas eram muitas letras. Mandinho garantia que a maior parte das letras não estavam ainda legalmente registadas. Todos os dias se descobriam mais letras. Suspeitava-se que haveria, neste mundo, mais letras do que números. O tio Andâncio olhava para as marcas que eu trazia nas pernas, sacudia a cabeça, e murmurava: *não vale a pena sonhares, minha sobrinha, um pássaro que levanta voo e pousa sobre um morro, esse pássaro ainda não saiu do chão.* O tio tinha razão. Fui feita para ser o chão.

Aos poucos desisti de ser escrita. Mandinho insistiu, porém, nas lições de caligrafia. Comecei a desconfiar que não era das letras que ele gostava. E continuei a ser o seu manuscrito. Com o andar do tempo, as mãos da minha mãe foram perdendo agilidade. Deitada sobre o seu colo, eu sentia um desgosto antigo travando-lhe os dedos. Não é no rosto, é nas mãos que a idade se revela. Paguei caro a sua falta de jeito. Para compensar as dores que me infligia, a mãe começou a contar-me histórias. Confirmei, então, aquilo que o nosso tio dizia: a alma escapa pelos ouvidos. Saímos do corpo quando nos contam histórias. Pela primeira vez, eu era dona de mim: esse corpo onde as palavras se escreviam sozinhas, esse corpo era meu. Diz-se na nossa aldeia que se aponta a lua a uma criança e ela apenas vê um dedo. Não era verdade, no meu caso. Eu via os astros todos na voz cansada da minha mãe.

Até que me mandaram trabalhar para casa de uma família de indianos. Era a maior casa da vila mais próxima. Ficava a duas luas de caminho. A nossa mãe ainda me disse à porta: *são boas pessoas, esses teus patrões*. Nada era novo nesse meu destino: antes de ser criança eu já era empregada. Os indianos trataram-me bem, ralhavam muito comigo. No final do dia, sentia-me aliviada por não me terem batido senão com palavras ditas numa outra língua. Um dia, os meus patrões mandaram-me mudar de nome. Deram ordem para que me chamasse Kadira. Não me importei. Depois, mandaram que mudasse de religião. Mudei. Eu mudava tudo, sem nenhuma relutância. Ansiava deixar de ser eu.

Até que mandaram que casasse com um dos rapazes da casa. O meu pai compareceu para as devidas negociações. Saiu de casa dos indianos com um envelope no bolso e, pela primeira vez, passou-me a mão pela cabeça, desalinhando-me as tranças. Fiquei feliz com o sorriso que me dedicou, os olhos dele voando para longe do chão. Mandinho acompanhava o meu pai e ainda reclamou. Disse que eu era muito jovem e que, nos tempos de hoje, as meninas já podiam escolher. O nosso pai passou a mão na cabeça do meu irmão. Não era afeto. Era um modo de embrulhar a raiva. Explicou, soletrando as palavras uma por uma: *"Há galos e há galinhas, meu filho. Eu pergunto: uma galinha escolhe a quem é vendida?"*.

No dia do casamento soube que o meu marido já tinha outra esposa. Eu era a segunda, devia obediência a essa outra rival. A casa para onde fui morar era de madeira e zinco e tinha dois quartos. O mais espaçoso pertencia ao marido e havia nele uma cama com um colchão. No outro quarto, havia duas esteiras. Dormíamos às vezes no quarto grande. Uma semana uma, outra semana outra. Cruzávamo-nos nos corredores em silêncio como desencontradas sombras. Éramos rivais. Eu estremecia de medo, olhos no chão, sempre que ela se aproximava. Ela era a rainha, a Nkosikasi. É assim a tradição.

Dentro das quatro paredes, nenhuma de nós tinha nome. As prendas que o nosso homem oferecia a uma, oferecia à outra. As roupas que ele comprava para uma, comprava para a outra. O nosso marido era um bom patrão, não queria briga. Se saíssemos à rua éramos duas gémeas, pertencíamos a um mesmo dono, nenhum outro homem podia pousar os olhos em nós. Todas as semanas recebia a visita do meu irmão Mandinho. Vinha numa carroça para trazer mangas e hortaliças para o meu marido. Em silêncio, ele descia da carroça, olhava para mim, de alto a baixo, meneava a cabeça em reprovação e voltava a partir.

Certa vez, a primeira esposa pediu-me que lhe revelasse o meu verdadeiro nome. O nosso marido tinha ido de viagem e podíamos falar à vontade. *Diz-me o teu nome*, insistiu ela. A minha boca permaneceu fechada. Mas não era vergonha. Era esquecimento.

— *Analízia* — murmurei, depois de um tempo. E acrescentei, às pressas: — *Em casa dos meus sogros deram-me o nome de Kadira.*

Também ela se apresentou. Chamava-se Sarita. Passou a ser tratada por Fáusia. *Livra-te de me não tratares por Sarita*, ameaçou ela com dedo em riste. E rimo-nos. Era um gosto poder voltar aos nossos nomes. Fui feliz, confesso, naqueles dias em que o nosso marido esteve ausente. Todas as tardes, sentávamos sobre a areia do quintal para jogar *matacuzana*. Abríamos com os dedos uma cova no chão e enchíamo-la de pedrinhas. Lançávamos as pedras no ar e batíamos com uma mão na areia. Quando terminámos de brincar, Sarita retirou de um bolso um caderno e um lápis e anunciou: *vou-te ensinar a escrever e a fazer contas. É um segredo, entre nós.* Segredo era para mim uma palavra nova. Só há segredos se existem amigos.

À noite, Sarita ofereceu-se para trançar o meu cabelo. Quando me preparava para me deitar na esteira ela corrigiu o meu gesto: *aqui não, vamos para o quarto do nosso marido*. A mulher estirou-se, dona do mundo, sobre o colchão. Permaneci de pé, incapaz de me mover. *Nunca te dei uma ordem*, disse ela. *Pois agora mando que te deites.*

Estendi-me, relutante. Passado um tempo, Sarita levantou uma ponta do lençol e sobre a capa do colchão assinou o seu nome. Estendeu-me a caneta e ajudou-me a que escrevesse o meu verdadeiro nome. Então, de olhos fechados, Sarita declarou: *somos irmãs, está escrito. Quando o nosso marido regressar, já não seremos as suas esposas.*

Na manhã seguinte, ouvimos o portão da estrada. Era domingo e ainda pensámos que fosse Mandinho que chegava na sua carroça. Enganámo-nos. Era o nosso marido que regressava. Atrás dele, vinha uma mulher. Era uma indiana, alta e bela, com roupas e brilhos que nunca havíamos visto. O olhar que trocámos, eu e Sarita, foi breve e esclarecedor. Corri a buscar os fósforos. Num ápice, as chamas devoraram o colchão. Escrito pela primeira vez, o meu nome convertia-se em cinzas. Saímos correndo pela porta das traseiras. Os meus passos foram-se tornando leves. Quem sabe daquela vez eu deixasse de ser chão. De uma coisa estava certa: toda a pedra onde me deitasse seria mais macia do que qualquer colchão.

## Submissa desobediência

Há horas que espero descalça na cozinha, os pés juntos como quem vai de saída. Esta é a última noite do ano. Escutam-se os derradeiros e tardios foguetes, fios cansados de música cada vez mais distante. Ainda ecoam pela casa as vozes dos filhos e dos netos que vieram da capital para a passagem do ano. Durante escassas horas, a nossa família voltou a partilhar a casa. Num breve instante, o bairro dançou e cantou sob um mesmo céu. Foi reino de pouca dura. No instante seguinte, a cidade voltou a reerguer os seus muros e os meus filhos partiram entre acenos e promessas de regresso. Assim que se retiraram, o meu marido também se despediu. Tinha afazeres com os amigos, era coisa de meia hora. Foi assim que Joel se justificou. Baixei os olhos, acenei em silêncio, sabendo como eram infinitas aquelas meias horas.

Arrumei sozinha a casa, varri o chão e juntei as garrafas no caixote de lixo. Fiz tudo isso descalça porque, a esta hora da noite, o chão são paredes que subo e desço sem parar. De vez em quando, suspendo as limpezas, para suspirar: como é que os que não têm nada produzem tanto lixo?

Chegam-me à lembrança as festas da nossa antiga casa. Para poupar dinheiro juntávamos os aniversários dos cinco filhos num único festejo. Essa celebração coletiva acontecia numa noite igual a esta, a noite do Fim do Ano. Um só bolo, uma única vela, cinco latas de refresco. O meu marido, o Joel, ironizava: *vamos morrer todos no mesmo dia para pouparmos no funeral.*

Esta noite trouxe de longe essas memórias e lançou-as no chão da cozinha. Já não tenho força para limpar aqueles despojos.

— *Não é o tempo que cura* — vaticinava a minha velha mãe, as mãos apoiadas no cabo da vassoura. E acrescentava, num interminável suspiro: — *Não esperes nada do tempo, minha filha. A vida. A vida é quem cura as feridas do viver.*

Já amanhece e o locutor da rádio celebra o despontar de uma nova vida. Assegura que hoje tudo pode começar. Estou tão sozinha que acredito nas palavras do locutor, com medo de que também ele desapareça na estrada por onde foram os meus filhos. Então, me ocorre o seguinte: não posso estar assim tão descalça, tenho de engrandecer esta espera. Tenho que me aprontar, preciso estar à altura do momento. Vou-me vestir e calçar a rigor.

Olho o chão e desisto. Os meus pés não são parte de mim. São os pés da minha mãe, gordos e desleixados. Lembro-me dela dançando no quintal abraçada a uma garrafa de cerveja e, a cada volta que dava, a garrafa crescia de tamanho até que ambas, ela e a garrafa, tombavam num único corpo. Eu corria a apanhar os cacos e aqueles vidros rasgavam-me os dedos como se fossem pedaços da minha mãe. Certa vez, ela me abraçou fundo. Pensei que fosse um raro acesso de ternura. Não era. Ela me cingia junto ao peito para que eu não pudesse ver o seu rosto enquanto falava.

— *O meu corpo deixou de gostar de mim* — disse ela, babando-se nas minhas costas. — *Mas não culpes o teu pai, filha: as saídas dele, à noite, estão autorizadas por mim. O teu pai vai-me buscar no corpo de outras mulheres.*

Um dia, a minha mãe não tombou. Abraçada à garrafa ela se adentrou pela casa e regressou carregando nas mãos trémulas uma fotografia do casamento.

— *Vê como eu era esbelta* — disse ela. — *Não é a idade, a felicidade é que nos dá beleza.*

Pediu-me, então, que eu, sendo a única filha, garantisse que a tradição fosse cumprida. E foi clara, explicando os mandamentos da nossa gente: aquilo que se usa no casamento não pode ser herdado, nem vendido, nem doado, sob pena de desgraçar a nova dona. Seria eu a guardiã desse velho preceito: que o seu vestido fosse colocado no caixão junto aos anéis, colares e pulseiras. Ou melhor ainda: que ela descesse à terra envergando o vestido de noiva.

— *Vai tudo comigo, é parte do meu corpo* — declarou a mãe, num quase enlevado murmúrio. — *Quando me olharem no fundo do caixão todos dirão: como vai bonita a noiva!*

Lembro-me do funeral, lembro-me de que o corpo

dela não ocupava nem metade do caixão. Ocorreu-me, na altura, que tivessem ido buscar uma urna já usada. O que sobrava do caixão eram os seus pés, tão vivos e friorentos que me apeteceu ir buscar uma capulana para lhe cobrir as pernas. *E o vestido?* — perguntaram-me os familiares. — *Vai por baixo do corpo* — assegurei. Assim, a mãe deitava-se sobre o seu passado. Os parentes anuíram com um aceno comedido.

Tudo isso recordo, sentada na minha cozinha, em frente à porta que nunca mais se abre. O locutor da rádio insiste: hoje pode ser o primeiro dia de uma vida nova. De súbito, sou tomada por uma decisão: não serei como a minha mãe. Não usarei, no meu caixão, vestidos e rendas. Será o meu marido quem descerá à terra envergando o seu fato de cerimónia. Ou melhor, Joel usará o meu vestido de noiva. Com grinalda, véu e laçarotes, Joel cruzará as mãos sobre o peito, com um sorriso de uma inocente donzela. Sim, a rádio tem razão. Hoje é um princípio. Aquela não é apenas uma passagem do ano. Vou virar o mundo do avesso. E não haverá mais esperas. E a vida vai curar-me das feridas do viver.

Ergo-me de rompante como se a cadeira fosse uma prisão. Lá fora, começa a chuviscar. Devia ir para o quintal e deixar que a chuva refrescasse o meu corpo e lavasse o suor e as más lembranças. Mas guardo-me na cozinha como se esse lugar fosse a minha única nação. Desligo o rádio, e contemplo o anel na mão direita. Com inesperada gana, decido arrancar a aliança. Não quero nunca mais esse falso brilho. Mas o anel ficou cravado na carne como se fosse um osso crescendo em redor a pele.

Decido então: se é para começar uma vida, vou esperar como espera uma noiva. Vestida e calçada como mandam as regras. Para mostrar a Joel que o nosso casamento nunca aconteceu. E que eu me entregarei ao primeiro homem que bater à porta.

Dispo-me e saio nua para o quintal. Deixo que a chuva escorra na minha pele como se nascesse dentro de mim e regresso à cozinha para lavar os pés. Não quero sujar os sapatos de cetim. Enquanto esfrego os tornozelos penso que aqueles não são os meus pés, assim tão campestres, tão feitos de chão. São os pés da minha mãe, escaparam-lhe pelos buracos dos sapatos. Vejo que ela tinha razão: pesa muito carregar uma alma vazia.

Agora, sim, com passo firme, vou buscar o vestido e os sapatos que estão emoldurados na parede da sala. Não os pendurei no armário. Fiz como se faz com a ceia de Cristo. Coloquei-os em duas caixas de cartão e cobri-os com uma folha de plástico, como se receasse que fugissem ou desbotassem com o tempo. Com uma tesoura alargo as costuras e esgueiro-me por entre os panos com medo de rasgar as costuras. Visto-me com o tecido ao avesso: o lado fosco para fora, o lado acetinado para dentro. Não sei quanto irá durar a espera, quero sentir o cetim como se fosse uma carícia.

É manhã, adormeci como a minha mãe no seu último sono: deitada sobre um vestido de cetim. Acordo com o meu marido abrindo a porta. Abraça-me, com surpreendente delicadeza.

— *Madalena, meu amor* — suplica ao meu ouvido.

E murmura, a boca dando nós nas palavras: — *Por amor de Deus, Madalena, desculpa.*

Eu desculpo. Não me chamo Madalena. E o meu marido não me traiu. Joel não esteve com ninguém. Pelo desespero do seu abraço percebo que a solidão dele é maior do que a minha. Ajudo-o a que se deite, deixo-o a dormir e regresso à sala para me despir. Com gestos lentos, os dedos amarrados pela culpa, volto a emoldurar na parede o vestido de noiva da minha mãe.

# O vice-viajante

Sou de Quionga, onde termina o rio e começa o mar. Nasci no dia em que, num improvisado mastro da Administração, içaram a bandeira de Moçambique. Logo ali, uns passos acima, a terra tem outro nome. Chama-se Tanzânia. Parte da minha família veio de lá, do outro lado da fronteira.

Estou a fugir por causa da guerra. Vou para um destino que não conheço. Para mim, esse destino chama-se Vida. Para trás ficaram os meus pais, que foram mortos pelos terroristas. Cortaram-lhes a cabeça, os braços e as pernas. Escapei porque pensaram que não havia mais ninguém dentro da casa, que incendiaram ao mesmo tempo que gritavam "Allahu Akbar". Gritavam "Deus é Grande", e eu, que sou muçulmano, pensei na grandeza de Deus enquanto, numa mesma cova, juntava os restos dos meus pais.

Assim que tudo voltou ao silêncio, meti-me pelos caminhos onde só andam os bichos. Deambulei durante horas. Desde o início estranhei o peso dos meus pés. Por que razão me cansava tanto, se viajava sem nenhum dos meus pertences? E pensei: levo o rio dentro das mãos.

Cheguei à estrada e cruzei com um camião que transportava madeira. O camionista deteve-se para me dar boleia. Antes que fizesse menção de entrar, o homem estendeu-me um pano e mandou que cobrisse o rosto e o amarrasse por trás da nuca. Recusei. Hesitei. Eu vinha de uma matança em que os soldados estavam todos mascarados. Os panos desses assassinos eram negros. Mas eram panos como aquele que agora alguém me estendia. E era gente sem rosto.

O motorista levantou o braço a apressar a minha decisão: ou era como ele mandava ou ele me deixava ali apeado. Obedeci. Instalei-me ao lado do condutor e ele pôs o veículo em marcha antes mesmo que eu fechasse a porta.

— *Estás a saltar da panela para a fogueira* — avisou ele.

Não entendi. E nada perguntei. O camião avançava a uma tal velocidade que alguns troncos foram tombando com aparato. Quando, finalmente, chegámos ao asfalto, o motorista suspirou e confessou que o melhor seria suspender a sua atividade até que a paz chegasse.

— *Esta guerra ainda está longe de terminar e já perdi a conta das pessoas que salvei* — disse ele. E acrescentou, apontando para as traseiras da viatura:

— *Trouxe-os na carroçaria, sobre o tejadilho, sentados em cima dos troncos, só falta virem dentro do motor.*

— *E onde me vai deixar?* — perguntei.

— Vou deixar-te num campo de refugiados que acabaram de construir perto da cidade.

O restante do caminho fez-se entre silêncio e poeira. Observei as duas bermas da estrada e pensei como a guerra e a doença caminham juntas, como os dois braços de um mesmo corpo. Olhei para o meu lado: o motorista não queria ser vencido pelo sono. Pediu-me que o distraísse. Foi então que me ocorreu relatar um episódio ocorrido na minha família. E contei essa história ao motorista como se, ao desfiar essa lembrança, a minha casa ressurgisse das cinzas.

Há cinco décadas, quando veio a epidemia da varíola, a aldeia do meu avô ficou deserta. Mais do que deserta: amaldiçoada. Os pés de quem a visitava convertiam-se em pedra. Uma aldeia sem gente deixa de ter céu: as nuvens desabam no chão, brancos panos sem uso.

E sucedeu aos vivos o que acontece com os falecidos: ninguém mais podia dizer o seu nome. *Quem trouxe essa doença?*, perguntavam os aldeões, surpresos. *As doenças não se trazem*, disse o meu avô. *Acendem-se. É como o fogo: a palha já lá está, o fósforo chega sem sabermos como.*

Na altura, ninguém deu conta, mas a epidemia veio junto com a guerra. Ninguém se apercebeu porque essa guerra era entre ingleses, portugueses e alemães. E aconteceu assim: os primeiros europeus que visitaram a nossa aldeia foram os alemães. Esses alemães eram brancos, mas de outra raça, tinham descido por outros mares, de portos mais longínquos. Passaram mais tempo no mar e, por isso, traziam os olhos mais azuis e os cabelos mais deslavados.

Quando se instalaram em Quionga, esses estrangeiros olharam o rio e acharam-no muito largo. Mandaram que os habitantes do lugar estreitassem o rio. Os aldeões deixaram a tarefa para a noite. Iriam executar esse trabalho enquanto estivessem a dormir. Durante o sono, os homens saíram dos seus corpos e empurraram as margens do rio, que se foram estreitando até que, num certo ponto, se tocaram. Assim, os brancos, sem pontes nem barcos, venceram o leito do rio.

— *Continue a história, gosto desse enredo, parece cinema* — afirmou o motorista, enquanto encostava o camião na margem da estrada. Parámos por debaixo da sombra de uma grande acácia, mas não saímos da viatura, por razões de segurança.

Fechei os olhos como se assim, na penumbra, me chegasse melhor o relato que escutei do meu avô. E regressei aos episódios desses tempos antigos. A verdade é que, depois de um tempo, os alemães mandaram que a nossa gente voltasse a alargar o rio. Havia uma guerra e eles tinham medo de que os ingleses os cercassem a partir da margem norte. Queriam fazer do rio Rovuma uma fortaleza. Derrubaram todas as pontes e queimaram todos os barcos. O rio foi reposto no seu antigo lugar. Os alemães ali se mantiveram instalados, como se fossem donos do mundo. Quem tem armas pode mandar nas pessoas. Mas não pode mandar nos rios nem no mar.

E foi pelos rios e pelo mar que, numa certa noite, chegaram os atacantes. Deu-se uma grande batalha. Morreram muitos soldados europeus. Os seus corpos foram levados pelo rio e arrastados, depois, pelas correntes marinhas. À medida que eram engolidos pelas águas, esses europeus convertiam-se em peixes. Nos dias seguintes, as crianças de Quionga recolheram milhares de escamas que brilhavam sobre a areia branca. Os meninos e as meninas colocaram as escamas sobre os ombros, esperando que outra raça lhes fosse concedida.

Foi assim, dizem, que a doença se espalhou. A pele das crianças ficou coberta de escamas, as mães coçavam o corpo dos filhos e as crostas saltavam como se estivessem a preparar peixe. Morreu muita gente, dizem mesmo que morreriam todos os habitantes não fosse o caso de a própria morte ter medo de morrer. Assim, uns tantos foram devolvidos à vida. O primeiro a regressar foi o meu avô. É por isso que ele nunca se cansou de perpetuar esta lembrança.

Foi esta a história que contei durante a viagem. Quando me calei estávamos a entrar no campo de refugiados. O motorista despediu-se de mim sem desligar o motor da viatura. Já me tinha instalado numa das dezenas de tendas quando escutei a insistente buzina do camião. Corri para a entrada do campo e vi o motorista acenando.

— *Junta as tuas coisas e vem comigo* — ordenou.

— As minhas coisas? — estranhei.

— *Vais ficar em minha casa* — afirmou o motorista. E sentenciou: — *Passas a ser meu ajudante de viagens.*

Ainda hoje é isso que faço: ajudo o motorista a viajar. Sentado a seu lado, vou contando histórias. Há apenas um pormenor: estamos ambos sentados na varanda. O camião está parado, avariado e sem pneus. O motorista há um tempo que está adoentado. A esposa diz que tudo aquilo são saudades de andar pelo mundo. Mas eu sei que a enfermidade do motorista é verdadeira. Porque sofro da mesma doença. Para nos curarmos a estrada terá de voltar a ser um rio. As minhas histórias vão empurrando as margens desse leito de palavras e de águas infinitas.

# A outra*

Ntavase vivia numa aldeia remota, lá para os lados de Quissangira. Tinha quinze anos quando engravidou. Só ela sabia quem era o pai. Em casa perguntaram:
— *Foi um soldado?*
Ntavase respondeu com um silencioso menear de cabeça. A criança nasceu torcida, a cabeça rodando sem assento nem descanso sobre o pescoço.
— *Desfaz-te dela* — mandaram os parentes.
Recusou. Foi expulsa de casa. Era culpa dela que a criança fosse assim anormal. Aquele menino, assim tão malquisto, era a punição pela sua infidelidade.
— *Que infidelidade?* — perguntou Ntavase. — *Como posso ser infiel se não sou esposa de ninguém?*
— *Ainda pior* — disseram os familiares.
— *Começaste a trair antes mesmo de casar.*

* Escrevi este conto no dia anterior ao julgamento em Maputo de um homem que violou uma menina de dez anos. Ntavase é o nome fictício adotado por uma campanha de várias organizações da sociedade civil moçambicana para designar todas as jovens que foram vítimas de violência sexual.

Ntavase acompanhou a mãe a buscar água no rio. No caminho suplicou por clemência: o homem que a engravidara era de fora. Esse estranho começou por prometer. E acabou por ameaçar. Para esse homem aquilo foi um momento. Para ela foi um tormento sem fim.

Ocupada em equilibrar a lata sobre a cabeça, a mãe falou sem tirar os olhos do caminho.

— *Vais ser mãe e ainda não és mulher* — disse. — *E agora, que outro homem vamos escolher para teu marido?*

Chegadas a casa, Ntavase ajudou a pousar a lata no chão. E permaneceu hirta como um soldado perante a mãe, a blusa encharcada, os olhos mendigos. A mãe aceitou então que ela dormisse no quintal. Ntavase arrastou uma esteira e estendeu-a sob o alpendre da casa.

— *A criança dorme dentro* — sentenciou a mãe. — *Tu estás suja, não entras.*

— *E como lhe dou o leite?* — perguntou a filha. — *Quando ele chorar, nós chamamos-te* — respondeu a mãe.

Era madrugada, o pai veio ter com ela quando estava com a criança ao colo. Ficou especado, vendo-a a amamentar a criança. Esperou até que, saciado, o menino adormecesse.

— *Estão aqui as tuas coisas* — disse o pai, deixando tombar um saco de serapilheira. A seguir, ordenou: — *Agora desaparece daqui, estás suja, só vais trazer desgraças.*

O homem entrou em casa e bateu a porta com a autoridade de quem fecha uma fronteira. Ntavase aproveitou o saco para amarrar a criança às costas. E tomou a estrada para a vila de Quissangira. Pelo caminho cruzou-se com uma vizinha que vaticinou: *Vai para essa terra que é tão grande que nela as mulheres estão autorizadas a ter o seu próprio nome.* A jovem Ntavase agradeceu o encorajamento. Mas ela viajava por outra razão. Era em Quissangira que morava o pai da sua criança. Chegada à vila, Ntavase não procurou logo o homem que a tinha engravidado. Desembarcou do comboio e decidiu estabelecer-se logo junto das linhas férreas. Com as próprias mãos construiu um abrigo nas traseiras da estação. Com quatro velhas chapas de zinco ergueu morada para ela e o seu pequeno filho. Sabia que a notícia da sua presença logo se espalharia pela vila. Tinha a certeza de que o pai da criança a viria visitar nem que fosse para a mandar de volta para casa.

Essa visita nunca chegou a acontecer. Os dias foram tornando-se semanas e a criança ia ficando cada vez mais aleijada, a cabeça rodopiando mais e mais sobre os pequenos ombros. As pessoas afastavam-se, reclamando que a intrusa era portadora de má sorte. Durante todo esse tempo, a jovem mãe viveu naquele solitário cubículo. O chefe da estação ferroviária dava-lhe uns trocos sempre que ela coletasse lixos ao longo da linha férrea.

Sempre que ia trabalhar — e não tendo ninguém para cuidar do filho — a mulher cavava um buraco no chão do seu casebre, colocava a criança dentro da cova e ajeitava a areia de modo a improvisar uma almofada em volta do delicado pescoço. Um dia viu que o menino criava raízes. Deu-lhe de beber. Era noite, o menino abriu a boca e a lua entrou inteira no seu corpo. Ainda quis tocar nele, para se despedir, mas as mãos não lhe obedeceram. Nessa madrugada, com as próprias unhas, Ntavase abriu uma cova num terreno baldio. Sabia que esse serviço não teria nunca fim. Para enterrar um filho é preciso uma cova maior que o mundo.

Foi então que, num final de tarde, Ntavase se apresentou em nossa casa. Vi essa desconhecida sair do arvoredo, vi-a a atravessar o quintal e a sentar-se numa esteira. Apontou para o meu pai e disse, em tom acusatório:

— *Deixaste a lua dentro de mim. Mas essa lua nasceu apenas por metade. E nessa metade a vida não cabia inteira.*

Foi assim que ela falou. E todos entenderam o recado da intrusa. Aquele menino, tão falecido, era meu irmão. A minha mãe levantou-se e atravessou o pátio num passo lento, como se estivesse a medir o tamanho do universo. Entrou em casa e escutámos um arrastar de móveis. Voltou pouco depois com uma sacola nas mãos.

— *Vais viver no meu quarto* — ordenou a mãe à recém-chegada.

— *No teu quarto?* — perguntou, atónito, o meu pai. E repetiu, quase sem voz: — *No teu quarto?*

De rosto erguido, a minha mãe enfrentou o marido. Os olhos do meu pai foram-se encolhendo como se nunca mais os fosse usar.

— *Só voltas depois de dares nome a esse menino que morreu* — ordenou secamente a minha mãe dirigindo-se ao meu pai e entregando-lhe a sacola que trouxera de dentro de casa: — *Regressa quando fores pai dessa criança.*

Uma raiva de séculos embrulhou-se nos dedos do

meu velho. Ficou um tempo segurando o gesto e a palavra. Depois proclamou, elevando o peito:

— *Só vou porque quero ir* — e acrescentou, olhando para mim, como se fosse a sua derradeira lição: — *Se ficasse dava cabo das duas*.

Fechou o portão do quintal e, com passo largo, foi desaparecendo pelo atalho. Fiquei com as mãos suspensas num inacabado adeus vendo o meu velho a pontapear as pedras, patos e galinhas que encontrava no caminho.

— *Vai dormir, meu filho* — sentenciou a minha mãe, percebendo. — *Mas antes despede-te da tua mãe*.

Dei um passo na direção dos seus braços, mas ela corrigiu e apontou para a intrusa:

— *Não estou a falar de mim. Despede-te desta tua outra mãe*.

E pus-me em bicos de pés para abraçar aquela que acabava de chegar. A moça demorou a envolver-me nos seus braços. Mas depois deixou-se ficar nesse abraço como se estivesse nascendo do meu corpo.

Durante incontáveis dias fiquei na varanda espreitando pelo regresso do meu pai. Nessa demorada espera aprendi a chamar saudade ao medo de que ele, um dia, voltasse ao nosso convívio.

# O apeadeiro

Pelas costas de um homem sabe-se da sua vida: a quem ele se curvou, que raivas refreou, que sonhos o visitaram. O inspetor deixou que o fiscal do apeadeiro de Nkondoluai entrasse no gabinete, contemplou as suas costas arqueadas e suspirou, enfadado. Era mais um desses camponeses promovidos a ferroviários, um desses pacóvios cujos pés conheceram um único par de sapatos. O fiscal esticou a farda, bateu os calcanhares em subserviência militar e anunciou a sua aparição:

— *Apresento-me, sou Marito Sofrêncio, responsável do apeadeiro de Nkondoluai.*

— *Não é preciso falar tão alto* — corrigiu o inspetor, antes de mandar sentar o visitante.

— *Desculpe, chefe, mas é que tenho chuva na boca* — e com o dedo culpou o chuvisco batendo no telhado de zinco.

— *Chuva na boca... esta malta explica tudo pela chuva* — suspirou o inspetor. A seguir encheu o peito de paciência e perguntou: — *Preencheste o formulário, Marito?*

— *Todos os dias preencho o formulário, senhor inspetor. Estes anos que os comboios estavam parados eu nunca faltei ao trabalho. Preencho os papéis, faço a limpeza da estação e das linhas, varro a plataforma. Trouxe comigo os papéis nesta sacola.*

— *Estes papéis são diferentes* — corrigiu o inspetor, exibindo um formulário na ponta dos dedos.

Marito Sofrêncio observou atentamente a folha, mas a única coisa que viu foi a unha do dedo mindinho do inspetor. Era uma garra, tinha a curva de um punhal. *Pela unha se mede a importância de um homem*, pensou o fiscal. E dobrou mais as costas sobre a cadeira. Com aquela unha o inspetor proclama a sua condição civilizada. A unha estava afiada para decepar as suas próprias raízes camponesas.

— *Trabalhas no apeadeiro desde quando?* — quis saber o inspetor.

— *Desde antes da guerra* — respondeu Marito.

— *Quero datas. Preciso de preencher esse teu formulário, percebes?*

— *Posso preencher eu, inspetor* — ofereceu-se o fiscal.

— *Para ser eu a corrigir tudo?* — declarou, azedo, o inspetor.

Foi fazendo perguntas e anotando com letra de imprensa nos lugares certos.

— *Agora, dizem que Nkondoluai se escreve com "w"* — comentou o inspetor sem erguer a cabeça. — *Africanizaram o teu apeadeiro, Marito. Um dia destes escrevem o teu nome com "y"*. — Depois de uma pausa, voltou às falas já num outro tom: — *Estás a cuidar bem daquela estação? Tens de manter aquilo direitinho. Aquilo é património do Estado.*

Durante a longa guerra civil, a linha férrea tinha sido encerrada. O fiscal continuou a fazer-se presente ao serviço, durante vinte anos, na sua impecável farda. O tempo ainda dormia e já Marito varria a plataforma do apeadeiro. Os filhos perguntavam-lhe quando a estação voltaria a ser como já fora. Marito explicava:

— *Os comboios ficaram assustados com os tiros, agora estão escondidos num mato.* — Falava com as crianças, mas era a si mesmo que se consolava.

— *Posso perguntar uma coisa, senhor inspetor?* — inquiriu com humildade o fiscal. E suspirou fundo, como se receasse formular a pergunta: — *Tenho tanta saudade dos comboios que não há noite que não os escute nos meus sonhos. Será que vão voltar, agora que acabou a guerra?*

— *Ninguém sabe, meu filho* — respondeu o inspetor. — *Os que mandam andam entretidos noutras guerras entre os donos das estradas e os donos das linhas férreas. Nunca ouviste falar da guerra entre o vagão e o camião?*

— *É que moro muito longe* — murmurou Marito. — *Lá, até a rádio chega atrasada.*

— *Agora deixa-me concentrar no que estou a fazer* — ordenou o inspetor. — *Sem estes papéis devidamente preenchidos não recebes a compensação pelos anos de trabalho sem salário. Percebes o que estou a dizer?* — Antes que o outro respondesse, o inspetor se adiantou: — *Não percebes. E já te digo, meu caro Marito, uma parte deste valor fica comigo, pois se vais receber o dinheiro da indemnização é porque o formulário vai ficar bem preenchido.*

— *Está certo, senhor inspetor* — murmurou o fiscal. E ajeitou as costas dentro da farda com o mesmo cuidado com que o inspetor arrumava as letras nos espaços em branco do papel.

— *Tens conta aberta em teu nome?* — perguntou o inspetor.

— *Está em nome da minha mulher.*

— *Só tens uma mulher?* — voltou a perguntar o inspetor para logo retificar a sua curiosidade: — *Pergunta estúpida, ninguém tem mais que uma mulher. Vou colocar aqui três mulheres, aumenta o subsídio* — e foi escrevendo, sem nunca olhar para o fiscal. A um certo momento avisou que, caso fosse pago em cheque, Marito Sofrêncio teria que voltar no dia seguinte para a cidade.

— *Posso voltar* — admitiu o fiscal do apeadeiro. — *Tenho a minha bicicleta.*

— *Vais andar toda esta distância outra vez?* — surpreendeu-se o inspetor. — *A que horas saíste de Nkondoluai?*

— *Dormi no caminho* — respondeu Marito.

O inspetor sorriu e meneou a cabeça enquanto carimbava com vigor o formulário.

— *Vocês dormem sempre no caminho.* — Depois, suspirou, condescendente: — *Vais levar agora em dinheiro, para as devidas divisões entre nós. Mas para isso vou ter de falar com o financeiro. E isso tem um preço,* estás a perceber? E o meu colega, já o conheço, vai pedir dez por cento. Digo-te isto assim frontalmente, quero tudo com transparência...

Marito Sofrêncio encolheu os ombros. Aceitava, grato, o que lhe coubesse.

O financeiro entrou no gabinete trazendo uma caixa metálica. Espreitou o formulário e escolheu com a unha do dedo mindinho um entre vários envelopes. A unha do financeiro era comprida, mas menor que a do inspetor. Tudo naquela repartição obedecia a um sentido de hierarquia. De olhos fechados e com as mãos juntas ao peito, o fiscal recolheu o envelope como se acabasse de receber uma hóstia sagrada. E sorriu, finalmente abençoado por Deus. Quando morresse ele iria dobrar-se assim para caber na cova.

O fiscal Marito Sofrêncio regressou a casa, pedalando pela noite adentro. Chegou à velha estação, a mulher e o filho esperavam à porta com a mesma humildade com que o marido se havia apresentado na cidade.

— *Fizeste o jantar?* — perguntou o marido, cheio de si mesmo.

Quem o tivesse visto na cidade, humilde e inexistente, não o reconheceria agora na sua aldeia. Com o tacão da bota raspou na terra para equilibrar a bicicleta. A nuvem de poeira que levantou fazia lembrar o fumo dos velhos comboios. Contemplou o apeadeiro e sorriu, vaidoso. À porta do edifício estava agora uma placa onde ele escrevera com letras gordas: Bar Marito. O balcão onde antes se vendiam bilhetes servia agora de mesa para aviar cervejas e refrescos.

— *Vieram fregueses?* — perguntou ele à esposa.

Ela não respondeu. Apressadamente, esgueirou os dedos por entre os bolsos do marido. As unhas estavam cheias de terra e o envelope estava todo manchado quando ela o ergueu acima da cabeça. Depois dançou à volta do marido. Não lhe bastavam palavras nem risos. O corpo era a boca desse contentamento.

— *Com esse dinheiro vamos beber vinho sul-africano* — proclamou, cansada. — *Hoje, meu marido, os clientes somos nós.*

Abriram uma garrafa de vinho e despejaram as primeiras gotas no chão. *A sede dos mortos é insaciável*, pensou o fiscal.

— *Tenho medo* — confessou a mulher no final da primeira rodada. — *E se os comboios voltarem?*

— *Se voltarem nós privatizamo-los* — vaticinou o marido.

# Morrer de raça

Mandámos chamar o cego da aldeia para identificar um homem estranho que foi surpreendido a cirandar pelas vizinhanças. O cego Muoni enfrentou o intruso como se lhe farejasse as entranhas e, depois de uma longa pausa, ordenou:
— *Quero ouvir a tua voz.*
E o intruso, todo calado. O cego esperou com a paciência de quem vê para além do tempo. Fazia justiça ao nome: Muoni quer dizer visionário. Ficámos todos em silêncio e era como se escavássemos uma cova dentro de um buraco. O cego acendeu um cigarro e lançou o fumo contra o rosto do estranho que desatou a tossir. Então, o cego sacudiu os ombros como se ganhasse balanço para que a voz lhe saltasse para fora do corpo.
— *Este homem é oficialmente o Xavier Anaishe* — anunciou o cego.
— *Xavier?* — e foi como se o mundo tombasse no chão.
Há uns trinta anos, Xavier tinha ido estudar para a cidade. E agora, apresentava-se tão mudado que nin-

guém antes o tinha reconhecido. Aconteceu o que receávamos: saiu daqui *muno mutema* e voltou *murungu*. Noutras palavras, quando saiu era dos nossos, um negro congénito. Quando regressou era branco. Muitíssimo branco. Tão branco que não cabia em nenhuma palavra já existente. Chamámos-lhe de "patrão". Oficialmente era o "boss" Xavier Anaishe. Na nossa língua, "Anaishe" é o nome que se dá aos que estão com Deus. A arrogância do visitante era tanta que parecia o inverso: Deus estava feliz por morar no nome do nosso conterrâneo.

O meu tio chamou-nos à parte para avaliarmos o mistério daquela mudança. *A raça não é uma coisa que venha com o parto*, começou por dizer o tio. *Apanha-se, a raça apanha-se*, sentenciou. E acrescentou: *é uma doença contagiosa*. Talvez fosse aconselhável não permitir que Xavier ficasse connosco, sugeriu uma mulher. A aldeia estava cheia de velhos enfermos e mulheres grávidas, havia que ter cuidado. *Sabe-se lá por onde andou esse Xavier*, avisou a mulher. E ninguém disse mais nada.

A verdade é que da família dos Anaishes já não restava ninguém. Tinham todos emigrado para o Zimbábue. Conduzimos Xavier para uma cabana um pouco afastada da povoação. Ali ele repousaria durante a noite, a salvo de nos contagiar. Acompanhou-nos com os seus sapatos empoeirados, todo cheio de ombros e pestanas, esquecido que era um dos nossos. De quando em quando, parava para sacudir violentamente a areia que lhe entrava nos sapatos. Procedia com tanto afinco, sacolejando com tal vigor o calçado que parecia recear ser sepultado na nossa aldeia.

Chegado à cabana que lhe destinámos, ele fez como os flamingos, ergueu alternadamente as pernas para esfregar o sapato nas calças. E media o brilho do couro. Meu pai dizia: quem tanto calça um sapato acaba por ficar sem a perna.

Na manhã seguinte, havia uma multidão em frente da cabana onde se hospedara Xavier Anaishe. Os mais velhos entraram pelo quarto e sacudiram o homem. Estremunhado, o homem procurou os óculos e, olhar arrelampado, sentou-se na esteira onde dormira.

— *Então, Xavier?* — perguntou o meu pai. — *E a vida?*

— *A vida?* — reagiu o visitante esfregando os olhos. — *Olha a minha vida quase que acabava ao acordarem-me desta maneira.* — Ajeitou os óculos no rosto, estreitou os olhos para vencer a súbita inundação da luz.

— *Está tudo bem consigo?* — perguntou o meu tio.

— *Como é que se pode estar bem com esta epidemia?* — comentou o ensonado visitante.

— *Não respondeu à pergunta* — advertiu o meu tio. E havia um tom policial na sua voz quando voltou a inquirir: — *Responda, Xavier Anaishe, você está bem?*

— *Agora, estou* — disse ele. — *Mas andei uns meses bem aflito.*

— *Vê-se* — disse o meu pai.

O Xavier começou a vestir as calças e todos repararam na roupa interior que ele trazia. Eram umas cuecas com letras onde se podia ler a palavra "Boss". Que pessoa era aquela que tinha o nome gravado dentro dos panos íntimos ? Os meus parentes não paravam de olhar para as cuecas enquanto Xavier se explicava: tinha chegado, assim furtivo, porque não queria incomodar ninguém. Estranhámos aquelas palavras: na nossa terra, os que regressam não incomodam ninguém. Logo à chegada são abraçados e os homens da aldeia juntam-se na praça para verter bebida sobre a areia. Quem regressa, renasce. É o que diz o ditado. Como podia Xavier ter receio de nos incomodar? Aquele pudor dele só tinha uma explicação: apanhara uma doença.

Toda aquela lenga-lenga dentro do quarto era, porém, conversa para atordoar moscas. Porque assim como chegou, o homem partiu: furtivo, apressado, como se a terra lhe queimasse os pés. Uma semana depois, o Xavier regressou, desta vez muitíssimo acompanhado. Parecia o dono do Vumba, a montanha em frente, onde moram os deuses e as chuvas. Trazia com ele uma delegação completa: eram todos brancos, mas de peles variadas. Vinha ladeado por dois jovens que apresentou como seus filhos. Saudámo-los na nossa língua e eles, como esperávamos, não entenderam uma palavra. O rapaz era de pele um pouco mais clara e imaginámos que fosse filho de uma mulher europeia. Mas Xavier clarificou: *os dois são filhos de Mariana Mudiwa, que é daqui da aldeia.* Percebendo a nossa desconfiança, Xavier explicou que a pele clara do moço se devia a uns produtos.

— *Uns produtos?* — perguntou o nosso tio, de sobrolho franzido.

— *Umas pomadas nigerianas que custam uma fortuna* — esclareceu Xavier.

Os cabelos do rapaz apresentavam-se lisos e escorreitos graças a uns remédios importados de um outro país que ele soletrou, mas que ninguém conseguiu entender qual era. Esses remédios e esses produtos não são fabricação de países. Todos sabemos bem quem os confecciona. Tudo aquilo, para nós, confirmava a nossa suspeita. Ali estava uma doença que passa de pai para filhos. A família dificilmente regressaria à condição de *muno mutema*. Eram murungos, e não havia mais nada a fazer.

A filha, chamada de Anodia, era ainda mais estranha: tinha cabelos loiros, olhos azuis, unhas roxas, pestanas recurvadas.

— *Não olhem assim para a minha miúda* — implorou o pai, em voz ciciada. — *No corpo dela nada é dela* — murmurou Xavier, olhos postos no chão.

— *É de quem?* — perguntou o meu pai.

— *Como é que se pode saber?* — murmurou Xavier com um vago sorriso. — *Agora, em todos os países, todos andam assim.*

Uma vez mais mandou-se chamar o cego Muoni. Ele que confirmasse quem eram estes que acabam de chegar. O cego pediu então que cada um dos *vientes* (era assim que chamávamos aos que chegavam ao nosso lugar) pronunciasse umas tantas palavras. Todos falaram. O cego escutou atentamente e a escuta dele durou bem mais que o tempo das falas. Escutava os vazios que sobravam, os olhos baços e fixos como se roessem o silêncio.

— *Os avós destes saíram todos daqui* — declarou Muoni.

— *Daqui de onde?* — perguntou alguém.

— *Daqui* — reiterou o cego, fazendo rodar o braço pelo mundo.

A conclusão parecia óbvia: se os estranhos saíram da nossa terra, então vinham tão doentes que nem os seus *vadzimu* os reconheciam. Os antepassados teriam mais dificuldade do que o cego em os reconhecer. Como dizia o meu pai: o meu maior medo é que a minha sombra se esqueça de mim.

Olhamos e voltamos a olhar para o nosso ex-conterrâneo, Xavier Anaishe, os seus dois filhos e todos os estrangeiros. E uma coisa parecia certa: aquela gente não vinha à sua terra natal para matar saudade. Nem a sua delegação nos vinha visitar. Os poucos que antes aqui chegaram à nossa aldeia tinham os olhos doentes: olharam-nos e não viram ninguém. Estes que acabavam de chegar tinham olhos de águia: ciscavam a terra em busca de uma presa. Quando o silêncio se tornou demasiado pesado, o nosso tio dirigiu-se com modos secos ao Xavier:

— *Por que trouxeste esta gente à sua aldeia paterna?*

— *Materna* — emendou com delicadeza um vizinho.

— *Não me interrompa, cunhado* — reclamou o nosso tio. Na nossa aldeia os homens casados chamam-se de cunhados e, assim, todas as esposas se tornam irmãs. O tio recompôs-se para, de novo, se dirigir ao Xavier:

— *Estamos à espera de que fales.*

— *Não tenho que te dar satisfações* — resmungou Xavier.

— *Mas há uma coisa que deves explicar: que nome é esse que deste à tua filha? Anodia Anaishe?!!!*

— *É um nome shona, quero que ela seja autenticamente shona* — argumentou o visitante.

— *Pois agora na nossa aldeia* — retorquiu o nosso tio — *todos temos o nome arraçado de português. É assim que somos autênticos nos dias de hoje.*

Na nossa terra ninguém nasce dono da sua boca. Aprendemos a escutar com o devido cuidado: todos trazem recados de alguém. Xavier Anaishe conhecia essas suspeitas e sabia como nascem espinhos no silêncio. Não perdeu mais tempo. Estendeu o braço em direção ao mais encasacado dos visitantes e anunciou:

— *Apresento-vos o dr. Martinez. Ele é o boss dos bosses.*

Cumprimentámos o dr. Martinez e ficámos à espera de que o Xavier apresentasse os restantes membros da delegação. Cada um deles tinha a sua nacionalidade, a sua língua, a sua cor de pele. Sabíamos que o mundo era grande, mas estávamos longe de pensar que houvesse uma tal variedade de raças. Mais perto, porém, via-se que os recém-chegados eram todos parecidos, todos *murungos*, todos *vientes*. Desta vez, o cego Muoni tinha-se enganado. Nenhum daqueles homens era um *munu mutema*, a raça da nossa aldeia.

Foi então que os estrangeiros estenderam um grande mapa sobre o capim. Quando se colocaram de pé em redor do mapa eu tive uma visão: o que cobria o chão não era um papel. Era um lençol. Repetiam o que se faz com os mortos que são tapados para que não se saiba que há, neste mundo, corpos sem vida. Pela primeira vez, olhei o chão e senti que ele era uma criatura mortal.

Faz parte da nossa cortesia saudar, um por um, aqueles que nos visitam. Um estranho torna-se da nossa família depois do seu nome tocar os nossos lábios. A boca é a porta da casa, diz o provérbio. O chefe dos estrangeiros não teve esse cuidado. Começou a falar como se todos fôssemos indistintos. Chamou-nos de "comunidade local". Ninguém sabia que essa expressão, comunidade local, era o novo nome da nossa aldeia. E era o nome de todas as aldeias do mundo. "Comunidade local" é o nome de todas as pessoas sem nome.

O dr. Martinez começou por perguntar como se chamava o nosso rio.

— *Chama-se "Mvura Wa Nhiymba"* — respondemos.

E traduzimos o nome para o português: "a chuva que engravida". *Não é chuva, é a água* — emendou o meu pai. Aquele reparo não tinha sentido. Na nossa língua, chuva e água dizem-se com a mesma palavra. De qualquer forma, aquele era o nome do nosso rio que, de quando em quando, galgava as margens e afogava os bichos e as árvores.

Depois, o chefe da delegação estendeu um lenço no chão e ajoelhou-se como se fosse rezar. Ainda pensámos: afinal, o estrangeiro é um homem respeitador, não falou connosco, mas está a dirigir-se aos nossos falecidos. Em silêncio, escutámos a sua longa oração numa língua que ninguém entendia. Dava medo porque parecia que ele conhecia o idioma da água e estava a conversar com o rio. Afinal, apenas estava a falar para um microfone que trazia pendurado no pescoço. O nosso tio disse em voz alta, como se fôssemos pouco civilizados — *o tipo está a fotografar a sua própria voz*. Mas depois, falando na nossa língua, o tio deu-me ordem: *tu que tens telemóvel, grava tudo o que eles disserem*.

A seguir, o fulano despiu o casaco, retirou o relógio do pulso, arregaçou a manga da camisa e mergulhou o braço muito branco no rio. Senti-me envergonhado: nestes dias, as águas andavam tão turvas que o braço do estrangeiro desapareceu naquele ventre escuro. Sustivemos a respiração com medo de que o homem fosse devorado por invisíveis criaturas. Os outros membros da delegação fizeram circular, então, uns copos de plástico e com eles o doutor foi recolhendo a água da superfície. Interrompi-os antes que os homens se servissem:

— *Se estiverem com sede, meus senhores, damos-vos da nossa água que é tirada do poço, que é mais limpa e menos contagiosa.*

Os estrangeiros, contudo, não queriam beber. O que passavam de mão em mão não eram copos. Eram frascos para recolher amostras. Fecharam-nos e colaram um rótulo em cada um deles.

— *Queremos saber o que estão a levar nesses copos* — declarou o nosso tio.

— *São amostras* — disse o boss.

— *Quem vos deu licença?* — perguntou o tio.

— *As autoridades competentes* — disse Xavier exibindo um papel. — *Convençam-se de uma coisa, basta vir o despacho e este rio pertence-me* — prosseguiu ele. — *Como será minha também aquela montanha.*

— Fale mais baixo, não vai querer que os mortos o escutem — avisou o meu pai.

— Comprámos a montanha junto com o rio — declarou o filho de Xavier, intrometendo-se na conversa. Passou a mão pelos cabelos lisos de azeviche e declarou num tom mais conciliatório: — *Vocês também vão ganhar, esta é uma relação win-win.*

— Win-win? — perguntou o nosso tio. — *Então, sobrinho, você agora está a falar chinês connosco?*

O boss Martinez fixou o relógio e sacudiu a cabeça. Eu já sabia: olhar um relógio pode ser um modo de mostrar quem é o dono do tempo. Suspirando fundo, o estrangeiro pediu que nos sentássemos debaixo de uma grande árvore. Estendeu o pescoço para enfrentar o céu, abriu os braços como se abraçasse toda a vasta sombra. Começou, então, um longo discurso: *em todas as operações comerciais vocês serão nossos sócios. Um bom exemplo é este vosso amigo o Xavier, que participa como sócio minoritário. Desta forma, temos o conteúdo local que nos pedem os financiadores. Com a vossa inclusão, vocês, comunidade local, darão mais robustez ao componente indígena do projeto. Um processo inclusivo, transparente como esta água, bom esta água não é exemplo... Se não quiserem sair não serão obrigados, mas eu pergunto: querem ficar assim como estão? Quantas horas demorei a chegar aqui? Dez. Onde está o hospital, onde está a escola para os vossos filhos? Onde está a estrada para a ambulância vir buscar as mulheres*

*grávidas? Eu venho oferecer-vos o futuro em troca de nada, porque isto aqui não é senão um deserto.*
— Se isto é assim tão nada, por que está tão interessado? — perguntou o nosso tio.
— *É que vocês estão sentados em cima de dinheiro. Não entendem? Vocês podem ser ricos.*
— Nós não queremos ser ricos — argumentou o tio. — Nós queremos é não ser pobres.
— Pois aí é que está a diferença — declarou Martinez com convicção. —, *a gente fica rico espreitando o que está dentro do nada. Veja o caso do dinheiro: o maior peso está nos zeros. Foi assim que enriqueci, meus amigos: contando zeros.*

Foi então que o nosso tio começou aos gritos. E mandou embora os intrusos, falando apenas em shona. Empurrou com raiva o Xavier Anaishe para junto das viaturas. Os visitantes que fossem e esquecessem o caminho do regresso. Foram estas as derradeiras palavras do nosso tio:
— *Tu voltaste outra pessoa, Xavier, tens o mesmo nome, a mesma carne, os mesmos ossos do teu pai, a mesma raça da tua mãe. Mas já não tens os mesmos mortos de quando saíste daqui. Por isso não voltes nunca mais.*

De ombros derreados, os meus familiares ficaram observando os carros a serem engolidos pela poeira da estrada. O arco das suas costas contrariava o tom vitorioso das palavras do nosso tio. Afinal, sabíamos todos porque odiávamos tanto o Xavier. Porque nós, no lugar dele, teríamos feito exatamente o mesmo que ele fez.

# O parto póstumo

*Não é do navio, é de nós,*
*que sentimos saudades.*
Alberto Caeiro

Na noite passada a chuva foi tanta que a estrada desapareceu. De madrugada saí da tenda, avaliei os danos e, ao deparar com a viatura afundada na lama, pensei que o melhor seria aproximar-me do rio, atravessando sozinho e a pé a densa floresta cuja fundura eu desconhecia. Quem sabe um pescador me conduzisse até a vila? Com as chuvas ininterruptas, o rio tinha galgado os antigos limites e era difícil saber o que era margem e o que era leito. Nas florestas espessas, onde não se enxerga senão sombras, os rios descobrem-se pelo céu. Sobre as nossas cabeças abre-se um sulco torto de luz? Pois é por baixo desses luminosos sulcos que se localizam os cursos de água.

Pelo desenho das copas imaginei que aquele chão onde afundava os meus passos seria a antiga orla do rio. Na terra lodosa, depositei a minha bagagem e sentei-me sobre a caixa dos víveres. Contemplei a floresta e pensei não haver melhor lugar para esperar. Mesmo que fosse para esperar por coisa nenhuma. Pouco me importava o tempo: eu ansiava esquecer o mundo, exilar-me da cidade, emigrar de mim. Eu tinha fome de longe, mas a minha verdadeira doença era o antecipado tédio de haver um destino.

De súbito, uma silenciosa sombra despertou a minha entorpecida vigília. Uma canoa surgia lá ao fundo, ainda sem forma. Era apenas um sobressalto na luz que nascia das águas. Pedi ao homem do barco que me levasse rio acima. Ele mediu os meus pertences enquanto usava o remo para avaliar o espaço disponível na canoa. Com um menear de cabeça mandou que tomasse lugar na embarcação. Lentamente fomos subindo o rio. A corrente era forte e, durante horas, a quilha rasgando as águas foi o único ruído que se escutou. O barqueiro recusou a minha ajuda. Argumentou que o rio estava habituado ao seu jeito de remar. E não voltou a pronunciar palavra.

Ao princípio da tarde, encostou a canoa à margem e ajudou-me a retirar a minha bagagem. Apercebi-me de que iríamos pernoitar naquela clareira. O homem deu-me de beber um líquido escuro. Acreditei ser uma infusão, dessas que se usam para enganar a fome e o cansaço. *É chá*, tranquilizou-me, reparando na demora em levar a chávena aos lábios. *Chá de quê?*, perguntei. O pescador rodopiou a mão em frente do rosto e explicou que era dessas plantas que crescem junto ao leito. Não precisava de sair da embarcação para recolhê-las, não precisava da terra firme para fazê-las ferver.

— *O gosto não é bom* — avisou-me. — *Mas ajuda a adormecer. O senhor vai-se deitar aqui, mas vai dormir muito longe.*

— Longe?

— *Onde nascem os rios.*

Nessa noite fui assaltado por sonhos estranhos. Primeiro, vi-me a ficar descarnado, como se os ossos estivessem a apartar-se do corpo. E pensei: *Estou a ser devorado pelo meu esqueleto*. Tudo aquilo, porém, sucedia sem dor, sem sobressalto. Sacudia os braços e a carne tombava como uma flor que se liberta das pétalas. Quando dei por mim estava em osso vivo, apenas a cabeça permanecia intacta. A noite em meu redor era tão escura e espessa como a infusão que me fora dada a beber. Apenas percebi que chovia ao escutar as gotas tombando sobre as pedras do rio.

Aos poucos reparei que regressava o corpo. A chuva preenchia-me, todo eu era uma insaciável raiz. Sobre a pele a água não escorria. Os meus poros absorviam os pingos de chuva, cada gotícula empreendendo um lento regresso.

Acordei, o barqueiro já preparava a embarcação. Espreguicei-me, passei água pelo rosto.

— *Morri esta noite* — confessei ao meu companheiro de viagem, esfregando os joelhos.

— *Fico feliz* — comentou ele, sorrindo.

O pescador teria certamente razão. Na verdade, senti que não tinha acordado: eu tinha nascido pela segunda vez, o meu corpo parecia estranhar a minha presença.

— *Doem-me os ossos* — queixei-me, enquanto me sentava no ventre da canoa.

— *Os nossos ossos não são nossos* — corrigiu o barqueiro. — *Pertencem aos parentes que já faleceram. Entregam-nos de noite. E levam-nos na noite seguinte.*

— *Não devia ter bebido o seu chá* — confessei, arrependido. — *Não imagina o sonho que tive esta noite.*

— *Ninguém tem sonhos, meu amigo. Os sonhos andam, como aves, à procura do sonhador.*

Olhei por entre as copas das árvores e magoou-me a luz naquela pequena fresta de céu.

— *Chegamos à vila ainda hoje?* — quis saber.

— *Qual vila?* — perguntou o homem.

— *Bom... quero dizer, à vila mais próxima.*

— *Aqui não há nenhuma povoação, meu amigo. Há anos que vivo neste rio. Trouxe o senhor comigo porque já não me lembrava de como era ser gente.*

— *Deixe-me então onde me encontrou* — proferi. E era mais uma ordem do que um pedido.

O homem sorriu. E permaneceu silencioso, remando sem qualquer esforço, como se os remos fossem feitos de água. Pouco depois parou e pediu-me que me pusesse de pé.

— *Abrace-me* — murmurou.

Hesitei. Mas depois deixei-me envolver pelos seus longos braços. Aos poucos, fui estreitando aquele corpo de encontro a mim. Até que senti os remos resvalarem-me dos dedos. E quando me soltei do abraço vi que estava sozinho no barco. E não havia bagagem nenhuma. Apenas eu, o ventre do barco e um rio escorrendo eternamente dentro de mim.

# A gota

*Há este céu duro,*
*Empedrado de ventos.*
Hilda Hilst


Após os bombardeamentos a cidade ruiu, pedra sob pedra. O que antes era chão é agora um imenso tapete de cinzas. Por entre ruínas, nem gente, nem bicho, nem planta. Resta um único sinal de vida: d. Teófila e o seu marido, Diamantino. Vivem no que restou da antiga casa, sobrevivem do que sobrou na velha despensa. Todas as manhãs d. Teófila pede ao marido que vá conferir as reservas de comida, as latas de conserva, os sacos de arroz, os garrafões de água. O marido, que é cego, sorri, complacente, e faz de conta que cumpre as ordens que recebeu.

Ao fim da tarde, quando o calor amaina, o casal sai dos seus escombros privados e atravessa em silêncio a defunta paisagem. Com passo trêmulo, Diamantino empurra a cadeira de rodas, guiado pelas instruções murmuradas com firmeza pela esposa. Protegida por um sombreiro, a velha senhora vai empertigada como se as ruínas fossem o seu reino, a cadeira fosse o seu trono e Diamantino fosse o seu povo.

— *Devagar, Diamantino* — comanda d. Teófila. E

acrescenta: — *Estás farto de saber que esta poeira é um veneno.*

O marido não percebe nada do que ela diz, as palavras dela enroscam-se no tecido da máscara que lhe cobre o rosto. A própria voz de Teófila lhe parece estranha, depois de atravessar o pano que ela teima em usar sobre a boca e o nariz.

Desde os bombardeamentos que não chove nem sopra a mais ténue brisa. Foi como se as bombas tivessem rasgado e vazado as nuvens. Os sulcos das rodas e as pegadas de Diamantino são o único desenho vivo sobre a perpétua poeira dos escombros. Acontece como na superfície lunar: toda a pegada se torna eterna.

O percurso é o mesmo de sempre: dirigem-se às ruínas da casa dos vizinhos, os Pimenta. Ali se senta d. Teófila numa mutilada sombra enquanto vai desatando falas, como se alguém escutasse do outro lado do muro. E vai revelando, num longo rosário, peripécias e segredos do marido. Aos poucos, ali se desfiam lembranças de uma vida conjugal que o próprio Diamantino desconhecia. Até que, cansado de tanto esperar, o homem a faz regressar à realidade.

— *Ponha na sua cabeça, mulher: não há ninguém do outro lado do muro, está tudo morto, mais do que morto* — vai avisando Diamantino. E depois, entediado, ele reclama: — *Por que tanto insistes em falar de mim, mulher?*

— *Para que essa maldita Marlu morra de ciúmes* — responde d. Teófila.

Um sol implacável escoa por entre uma espessa e persistente bruma. Apesar desse céu fechado — de onde para sempre se ausentaram o sol e a lua — d. Teófila não abdica do seu guarda-sol. Protege-se, diz ela, da poeira que cai das nuvens.

— Os pássaros já estão de volta — afirma d. Teófila.
— Gostava que os pudesses ver, Diamantino.
— A verdade é que não os escuto — avisa o marido.
— Mas já andam por aí — insiste d. Teófila. — Não tarda que comecem a cantar.
— Onde pousam esses pássaros se as árvores morreram?
— Se fosses mulher educada, saberias da existência dos albatrozes. Pousam no próprio voo, morrem sem tocar no chão.

Na velha cidade tudo se tornou chão: um chão tão deitado e macio que eles não escutam os próprios passos. E resta outro chão vertical, feito desse céu de onde se penduram restos de paredes. Diamantino traz a máscara descaída sobre o queixo. A mulher corrige esse descuido enquanto adverte:

— Esse pano está imundo, da mesma cor deste mundo. Assim que voltarmos a casa vais lavar esse trapo.
— Não vou desperdiçar água, os panos que esperem.
— Olha, está a passar agora uma garça! — proclama d. Teófila, com entusiasmo. E repete o anúncio da celestial descoberta, sabendo das dificuldades auditivas do marido. — É pena não veres, é tão branca, parece um anjo...
— Por que é que mentes, mulher? Os pássaros, a vizinha, a garça. Tudo mentira, tudo pura mentira.
— Às vezes, meu velho, mentir é melhor do que rezar.

O marido insiste: já não há gente vivendo entre as ruínas. D. Teófila opõe-se. Há gente, sim. Se o marido fosse mulher e não fosse cego, saberia que os sobreviventes deambulam com sombras por detrás dos escombros. Já não restam portas nem paredes, é verdade. Mas as pessoas têm artes mágicas de se enclausurar. Somos os mais competentes carcereiros de nós mesmos. É o que diz d. Teófila.

— *Quando falas, mulher* — reclama o homem —, *espalhas cuspe e levantas poeira, e ambos são mortais venenos.*

— *Tem que haver pessoas, Diamantino* — insiste a esposa. — *Se assim não fosse, já teríamos morrido. É que o ar precisa de gente* — prossegue d. Teófila. — *Se tivesses estudado, Diamantino, saberias que o ar, para se manter vivo, precisa de ser respirado. As pessoas são o nosso oxigénio.*

Diamantino levanta os braços da cadeira e limpa o rosto com a própria máscara. As mãos e os gestos parecem desencontrados como acontece com quem nunca viu o seu próprio corpo.

— *Falas de mim, Diamantino, falas dos meus cuspes e das minhas poeiras e devias ter vergonha na cara* — acusa d. Teófila. — *Continuas a sonhar com essa maldita Marlu. Bem te escuto a murmurar o nome dela. Tens que passar a dormir de máscara, para não me contaminares.*

— *Não entendo nada do que dizes, mulher* — comenta Diamantino.

— *Às vezes me pergunto como é que um cego sonha*

— interroga-se d. Teófila. — *Desconfio que à noite deixas de ser cego.*

Diamantino sorri com um riso oblíquo. A mulher fala sozinha. É então que o marido se apercebe de que Teófila se levanta e caminha por si mesma. O cego sabe que o vestido dela é de um vermelho intenso, como sabe que a sua camisa é azul-marinho, e imagina que aquelas duas manchas coloridas visitarão os seus sonhos. No início, Diamantino percebe que a esposa vai atravessando a rua. Aos poucos, ele vai deixando de escutar o suave ruído dos passos dela e, de novo, todos os silêncios voltam a se tornar indistintos.

Usando a cadeira de rodas como se fosse uma bengala, Diamantino transpõe a praça até chegar aos destroços da casa da Marlu Pimenta. Deve ser ali que a sua esposa se encontra. O cego vai evoluindo, cauteloso, entre as brumas até que esbarra com um vulto. E logo se apercebe de que ali se aglomeram sombras, imóveis e silenciosas como pedras. Assusta-se, primeiro, o cego Diamantino. Depois escuta uma das sombras que lhe dirige a palavra.

— *Veio ao funeral, Diamantino?*
— *Funeral? Funeral de quem?*
— *Da Marlu. Morreu esta noite.*

Diamantino tomba desamparado sobre a cadeira. Leva a mão ao rosto para se certificar de que ainda existe.

— *Não sei o que dizer* — murmura ele. — *Sempre pensei que Marlu não tivesse sobrevivido aos bombardeamentos.*

— *O que se passa, Diamantino?* — espanta-se um

dos vizinhos. — *Desde que ficou viúvo, não houve tarde em que o senhor não tivesse levado a passear a nossa querida Marlu.*

— *Ainda ontem saíram os dois, já não se lembra?* — pergunta outro vizinho.

Diamantino retira-se, os sapatos raspando as cinzas. Regressa a casa, o universo pesando-lhe nos ombros. Sempre soube vencer o escuro. Mas reconhece que lhe faltou discernimento para admitir que, apesar das cinzas, a cidade se mantinha viva, na companhia dos vivos. Se alguém enviuvara tinha sido apenas ele.

Dirige-se ao velho poço e ali se deixa ficar sentado na cadeira de rodas, o braço estendido sobre uma sombra aberta entre um pequeno monte de pedras. Num dado momento, escuta passos de alguém que se aproxima. São passos de mulher, disso ele está certo. E reconhece o silêncio de quem chegou. Depois o cego faz pender mais o braço sobre o chão, aponta para a sombra entre as pedras e pergunta:

— *Já germinou?*

— *Já despontam duas pequenas folhinhas* — responde uma voz toldada pela comoção.

Do braço de Diamantino tomba uma gota de suor. E ele jura que é a chuva que regressa. Como jura que um vulto de mulher se vai afastando por entre o nevoeiro. Às vezes, mentir é a melhor forma de rezar.

# A parede

O porteiro lembrou-me de que a vizinha, a velha Deolinda, fazia anos. Voltei atrás, bati à porta, escutei os passos arrastados e o ranger de vários trincos e, depois, uns olhos piscos espreitaram pela fresta da porta. A vizinha pediu que entrasse, ajudei-a a regressar ao sofá e ocupei a única cadeira disponível.

— *Quer dar-me uma prenda, meu jovem?* — perguntou Deolinda. — *Deixe comigo a revista que traz debaixo do braço.*

— *Triste prenda, cara vizinha* — argumentei. — *Nestes tempos só há um assunto, esta maldita doença.*

A mulher foi folheando a revista e comentando as imagens, a voz desbotada por detrás da máscara. Eu ia acenando com a cabeça, em fingida anuência. Depois, ela fechou a revista sobre o largo colo, estendeu lentamente o braço em redor do assento e então disse *é aqui que eu vivo*. Disse: *é aqui que eu espero*. Acrescentou: *estou velha*. E emendou: *sou velha*. Tudo isso a vizinha disse como se a casa e o corpo lhe fossem estranhos.

*O tempo*, sussurrou a vizinha, *é um astuto comerciante*. Deu-lhe o cabelo branco, mas levou-lhe a pele macia e brilhante. Em tempos, o veludo da sua pele tinha criado desejo nos homens e inveja nas mulheres. A vizinha fechou os olhos e passou a mão pelo rosto.

— *O que vê em mim não são rugas* — murmurou. — *É excesso de pele. O meu medo* — acrescentou — *é que estas pelancas me cubram os olhos e eu, como certas plantas, sufoque com a minha própria casca.*

O marido tinha sido fotógrafo de casamentos. Um dia, sem aviso, saiu de casa e nunca mais regressou. A velha história de sempre, imaginei.

— *Fugiu com outra mulher?* — perguntei.
— *Sim, de certo modo* — respondeu ela, sorrindo.

Certa vez o marido atravessou a sala usando um vestido dela, batom nos lábios, rouge no rosto e, de cabeleira postiça, bateu a porta para nunca mais voltar. Levou tudo o que era retrato, moldura, encaixilhada lembrança. Não sobrou imagem de ninguém. As paredes vazias cresceram pela casa como a ela lhe crescera a pele do rosto. Todos os dias uma diferente solidão a vinha visitar. De todas elas, uma única lhe dava medo: a de perder a lembrança de Amílcar.

— *Amílcar?* — perguntei.
— *O meu filho* — explicou.

Desconhecia o paradeiro desse tal Amílcar. Já pouca diferença fazia o lugar onde ele estivesse. Longe de casa, todo o filho vive em parte incerta. É por isso que não há manhã em que Rolinda não espreite quem passa na rua, não vá o filho surgir entre os vultos que deambulam pela calçada. Não somos nós que nos esquecemos dos lugares: são as casas que perdem a memória. Era por isso que Deolinda não arredava da sua varanda, espreitando a eterna chegada de Amílcar.

— *A dificuldade é que, agora, com as máscaras, já não distingo o rosto de ninguém.* — Foi assim que a vizinha se queixou, à despedida. Estendeu os braços como se esboçasse um abraço: — *Veja bem, vizinho* — pediu ela. — *Observe bem o tamanho das minhas unhas e dos meus cabelos.*

Na visita seguinte, logo à entrada da porta, esticou as mãos na minha direção enquanto, numa postura quase adolescente, inclinou a cabeça sobre o ombro.

— *Cresceram?* — perguntou. Ante a minha hesitação, esclareceu: — *Pergunto se as unhas e os cabelos cresceram.*

— *Não noto nada* — respondi.

— *Ótimo* — suspirou, aliviada. — *Vivo tão longe de todos que tenho medo de não saber da minha própria morte.* — Fez uma pausa antes de voltar às falas: — *Dizem que aos mortos crescem as unhas e os cabelos. É a única razão por que mantenho aquele espelho no meu quarto.*

Entrei para a sala de visitas, e Deolinda apontou displicente para a parede. Aproximei-me da imagem, passos solenes como em chão de igreja.

— *É o meu filho* — disse ela.

— *Sempre encontrou uma foto dele?* — perguntei.

— *Era lindo, não era?*

Deixei nas suas mãos uma meia dúzia de revistas. Avisei que eram velhas.
— *Agora, com a pandemia, há muito que não recebo correspondência* — justifiquei.
— *É assim que eu gosto, coisas velhas, parecidas comigo* — comentou a vizinha. — *Quanto mais inúteis, melhor.*
Uma semana depois, Deolinda bateu-me à porta. Queria que fosse com urgência ao seu apartamento. Ajudei-a a descer as escadas e, para esquecer o tempo que demorámos em cada degrau, fui desfiando conversa.
— As suas unhas, d. Deolinda, estão cada vez mais curtas.
— *Não as corto. Encolhem como encolhem os dias!*
Abriu a porta, deixou que fosse eu o primeiro a entrar e, como sempre, senti o rançoso cheiro das coisas guardadas. Na parede estavam agora coladas cinco fotografias.
— *Veja, são todas do meu filho* — declarou, vitoriosa, a vizinha.
— *Não parece a mesma criança* — comentei com receio.
— *Idades diferentes* — respondeu.
À saída pediu-me que retirasse a máscara. Demorou o olhar em mim como se estivesse diante de um espelho baço.
— *É o que eu pensava* — afirmou. — *Você é parecido com o Amílcar. Nós não somos apenas vizinhos. Somos parentes.*
Passaram-se os dias, somaram-se as visitas. Aos pou-

cos, a parede da sala de Deolinda foi-se cobrindo de rostos de crianças. De todas as raças, de todos os sexos, de todos os risos. Mas sempre do seu filho. Aqueles retratos acrescentavam um brilho de vitral aos olhos de Deolinda.

Um dia o meu telefone tocou. Era a vizinha. Queria ajuda. Pediu que levasse a caixa de ferramentas. Encontrei-a sentada com uma pilha de retratos emoldurados no chão, junto à cadeira.

— Ele acabou de sair, deixou tudo isto — disse.

— Ele quem, o Amílcar? — perguntei.

— O meu antigo marido, o pai do Amílcar. Não me pergunte como se chama. O nome dele desapareceu quando ele saiu de casa.

— Está triste, vizinha?

— Fez-me impressão, está velho, o meu homem — lamentou a vizinha. — Fez-lhe mal tornar-se mulher, a idade, nas mulheres, está mais à flor da pele.

O antigo marido deixara-lhe as fotos de Amílcar todas debruadas com um abundante caixilho dourado. Em troca levou-lhe os cremes para adocicar as rugas. E levou um velho perfume já sem cheiro e um amaciador de cabelo. Ironia triste: o seu homem era um careca de fartas tranças ruivas. A vizinha riu-se: é o que dá fotografar tanto casamento! Depois Deolinda caminhou com decidida lentidão, balançando o volumoso corpo como um barco em água de remanso.

— Ajude-me a colocar estes retratos na parede — pediu Deolinda. — Mas não tire as outras fotos, deixe-as estar onde estão.

Preenchi os espaços vagos, furei tijolo, ajustei bucha, apertei parafuso. As imagens cobriram a tinta gretada, as manchas de bolor, o reboco estaladiço. Terminado o serviço sentei-me ao lado de Deolinda e ficámos os dois a contemplar a parede. E parecia que ela, a parede, voltara a ter a pele jovem, macia e brilhante. Passado um momento, sem tirar os olhos das fotografias, a vizinha murmurou, com voz esparramada de rainha:

— *Pode ir, vizinho. A casa voltou a ser minha.*

# A libélula

Mariana Namuedi sonhou que o seu filho Madzinu a empurrava num baloiço que pendia do arco das nuvens. Era um voo curto, um céu de rédea curta. Mas era o que bastava para Mariana se desamarrar do chão. De repente, o menino assustou-se e gritou:

— *Ai, mãe, que te caiu um pé!*
— *Melhor assim* — disse Mariana, sorrindo. — *Melhor assim, que não tenho sapatos.*

No sonho, o filho corria por entre os arbustos à procura do que faltava no corpo da mãe. Esgueirava-se entre a folhagem, e o ruído dos passos convertia-se num restolhar de bicho. Mariana tinha olhos de caçadora, mas foi perdendo o rasto de Madzinu. De súbito, escutou tiros. Conhecia bem esse estampido que faz suspender o mundo. O cheiro a pólvora tornou-a temporariamente cega. Arrastou-se pelo mato, encostou-se a um rochedo no meio dos arbustos. E acertou o coração dentro do peito, até respirar com a serenidade da pedra.

Minutos depois o menino reapareceu. Estava irreconhecível: usava uma farda militar e trazia uma espingarda a tiracolo. Tinha a cabeça e o pescoço envoltos num lenço preto. Quando ela o libertou desse pano viu que o filho já não tinha rosto.

Foi esse o sonho de Mariana. E foi um sonho tão triste que ela chorou enquanto dormia. Ao despertar correu para espreitar o quarto vazio de Madzinu. Fazia uma semana que os terroristas tinham levado o seu filho, por entre balas, fumos e disparos. Arrastaram-no pela estrada de areia, o teto em fogo, o chão em cinza. Ela pensou: talvez o filho, nesse fim de mundo para onde o levaram, partilhasse o mesmo sonho do baloiço roçando as nuvens. Ou talvez ele já não soubesse sonhar. Onde os demónios fazem casa deixa de haver nuvens. E onde não há nuvens deixa de haver sonhos. Era essa a crença de Mariana.

Nessa manhã, à saída da porta, Mariana suspendeu o seu meio passo como se receasse enfrentar o peso da luz sobre os ombros. Assim que bateu à porta da vizinha deu notícia dos que tinham sido mortos durante a noite. Mariana tombou no meio do pátio e clamou em surdina:

— *Estão a morrer todos? Quando chegar a minha vez já não haverá mais morte...*

A vizinha ajudou-a a levantar-se e comentou: *Essas muletas estão a ficar velhas*. De pé, apoiada à vizinha, Mariana murmurou: *Já não me lembro aonde queria ir.* E a vizinha disse: *Não importa, vamos juntas*. Enquanto caminhavam, amparadas uma na outra, a vizinha lembrou-lhe a razão do nome que o pai lhe tinha escolhido: Namuedi. Esse é o nome que, em Chimakonde, se dá às libelinhas. E as libélulas voam não é porque tenham asas. É porque não sofrem do peso das tristezas. Foi o que explicou o pai.

Nesse mesmo dia levaram Mariana para a cidade. A mulher ainda resistiu: *E o meu filho, deixo-o perdido nesse mato?* Ninguém atendeu aos seus protestos. Carregaram-na à força para o barco. No percurso, onda após onda, foi perdendo o nome. Ao atracar no cais da cidade ela era uma entre milhares de deslocadas. Quando a puxaram para o estrado do porto, Mariana Namuedi apontou para o barco e pediu que lhe entregassem as muletas. *São os meus remos*, disse ela, e todos se riram.

Conduziram-na para um bairro onde foi recebida por uma família pobre que lhe deu roupa, comida e uns chinelos. Tudo velho, tudo gasto, tudo pouco. Partilhou um mesmo quarto com uma dezena de desconhecidos, todos deslocados de guerra.

Ao fim da tarde, a dona da casa veio trocar as chinelas que acabara de lhe emprestar por um sapato. Um único sapato, que era o que bastava para o seu solitário pé. *Desculpe, a sola está toda esburacada*, disse a anfitriã. E Mariana, com o sapato encostado ao peito, agradeceu: *Gosto assim, sou uma libélula, não aguento o peso de dois sapatos.*

A dona de casa saiu e Mariana deitou-se com o sapato calçado. Fechou os olhos para que o tempo antigo se instalasse sob o escuro das pálpebras. A primeira e única vez que ela teve um par de sapatos foi no exame da escola. Nesse dia o professor chamou-a à parte, numa sombra do pátio das traseiras. *Tenho uma prenda para ti*, disse, com um embrulho escondido atrás das costas. Mariana Namuedi abriu o embrulho como se desfolhasse os próprios dedos. Ficou tão encantada que passou a dormir calçada. Deitada na esteira, os pés emergiam do lençol para roçarem a lua.

Nessa altura, Mariana não sabia que estava grávida. Dois meses depois de estrear os sapatos, o ventre inchou e as pernas duplicaram. Os pés cresceram tanto que ela não conseguiu descalçar-se. Os sapatos ficaram tão apertados que, uma manhã, ao despertar, o pé direito parecia um tronco de imbondeiro. O médico disse: *A vossa filha morreu deste pé. E agora*, acrescentou ele, *para que não morra toda inteira é preciso amputar a perna do tornozelo para baixo*. Os pais ainda argumentaram: já era tão difícil *lobolar* a filha, agora que já estava estreada. Agora, com a amputação, que preço iriam pedir por uma moça incompleta?

Mariana recorda-se do peso desse regresso a casa: voltava com um filho e sem um pé. Soube então que o professor fugira da aldeia. Durante dez anos tratou da sua criança como se fosse a parte do corpo que lhe faltava. E cumpriu o destino das mulheres da sua aldeia: uma mãe ensina a filha a ser mãe. O pai nunca mais lhe dirigiu palavra. Um dia entregou-lhe um par de muletas que ele mesmo tinha esculpido em madeira. E afastou-se, em silêncio. A mãe disse: *Uma mulher precisa de muitos pés para fugir de si mesma. Mas terás uma vantagem: nenhum homem te vai querer. Esse teu defeito, minha filha, pode ser uma bênção.*

Foi disso que Mariana se recordou, deitada de olhos cerrados por entre os outros refugiados que atapetavam o chão do quarto. De noite, quando todos esses outros dormiam, Mariana foi para o pátio e chamou pelos seus tambores. Fechou os olhos como se não os fosse abrir nunca mais e lançou o corpo sobre a metade do chão que lhe pertencia. Apoiada nas muletas, balançou os quadris e rodopiou pelo terreiro até sentir que, na sua aldeia longínqua, se quebravam as mãos dos que tinham raptado o seu filho Madzinu.

Foi então que ela viu o seu menino soltar-se das cordas para escapar por entre as árvores. Viu-o chegar à praia e lançar-se na água. Na berma do caminho, Mariana abriu os braços no escuro como se rasgasse em dois o mar. Por aquele atalho o seu menino correu para os seus braços.

Se os donos da casa tivessem, naquele instante, aberto as janelas, teriam visto um par de madeiras esvoaçando sobre a casa. E eram duas asas de libélula.

# A alma têxtil

Há séculos que o coronel Aníbal Covas está sentado na varanda da sua casa, olhos fixos no horizonte como se receasse assustar o tempo. A varanda abre para uma praça igual à de todas as aldeias de Trás-os-Montes. Os olhos verdes e mudos contemplam não a igreja e o casario de pedra mas uma imaginária mata cerrada de África, onde ele combateu faz agora cinquenta anos. O coronel não tem visitas, não espera carta, não tem telefone. Está reformado o militar, aposentados estão os seus sonhos. A mulher saíra de casa, os filhos fingiam ser órfãos de nascença, os vizinhos evitavam qualquer intimidade. Com as botas presas ao chão e medalhas pesando-lhe no peito, o velho militar é um anjo fardado: não morre nem vive.

Certo dia, a família — que vive numa cidade distante — decidiu contratar uma enfermeira que tomasse conta de Aníbal Covas. Respondeu ao anúncio uma moça que dava pelo nome de Angelina Salgueiro. Não cobrava quase nada, apenas o suficiente para que a família ficasse de consciência leve. Deram-lhe indicações sumárias: o velho estava apático, com poucas falas e ainda menos gestos. Graves eram as suas insónias: havia meio século que não tinha uma noite de sono. Dormir era, para ele, uma imperdoável lassidão perante um inimigo que todos sabiam que deixara de existir. Todos menos o coronel, vigilante no seu posto de combate.

Seguindo as instruções da família, Angelina fez-se passar por uma mulher-soldado e apresentou-se devidamente fardada na residência de Aníbal Covas. À porta de casa colocou-se em posição de sentido e manteve-se em continência enquanto estendia a falsa carta de recomendação.

— *Apresenta-se a oficial de campo Angelina Salgueiro. Ao seu serviço, meu coronel.*

— *A senhora oficial foi destacada pelo comando que superintende a guerra do Ultramar?* — perguntou o coronel, sobrolho franzido.

— *Eu venho de outra guerra, meu coronel.*

— *Da guerra colonial?*

— *Todas as guerras são coloniais, meu coronel.*

Ao entrar em casa Angelina surpreendeu-se: tudo se encontrava em impecável ordem, tudo imaculado e perfilado como em parada militar. Durante o almoço, o coronel rompeu o silêncio. Revoltava-o a visitante não ter perguntado nada sobre as suas condecorações. Cada uma daquelas medalhas guardava uma história épica.

— *Não me leve a mal, coronel, mas prefiro desconhecer esse passado* — murmurou a visitante.

— *O que você chama de passado eu chamo de Pátria* — proclamou Covas, apontando para o pátio com a igreja ao fundo. — *Não sente orgulho da farda que enverga?* — perguntou o coronel.

— *Sou militar, mas não deixei de ser mulher.*

À tarde Angelina convidou Aníbal Covas para passear no jardim da aldeia. Sentado na cadeira de rodas, o coronel manteve um mapa estendido sobre os joelhos e olhou para os telhados vizinhos como se vigiasse uma linha de fronteira. Há uns meses ainda marchava pelo território. Procedia, dizia ele, ao levantamento da situação de segurança. Acabou abandonando esse procedimento.

— *É que me canso, não sei o que me pesa. Talvez seja a minha própria pele* — resmungou.

Recordava-se das missões na selva tropical, durante a guerra colonial em Moçambique. Agora, as manhãs chegavam tarde, depois de agonizantes insónias, e Aníbal Covas escutava os pássaros que são quem não se ouve nas guerras. São os primeiros a retirar-se, os pássaros.

— *Pressentem os tiros, o raio dos bichos.*

Os negros juravam que, no momento dos disparos, as aves se convertiam em folhas. No rodopio entre árvore e chão, as folhas tornavam a ser pássaros. As que tombavam na areia eram pegadas de falecidos deuses. *Coisas lá deles*, suspirou o coronel, e, com a manga do camuflado, limpou os olhos da mesma cor do uniforme.

— *Por que é que o coronel não tem telefone em casa?* — quis saber Angelina.

Cancelara os serviços de telefone quando recebera a notícia da morte do seu companheiro de armas, o general Acácio Teixeira Lobo. Teve medo de que aquela fosse a primeira de outras notícias fúnebres. E havia outra mágoa: anúncios de baixas fazem-se em visita solene, olhos nos olhos. Nunca por telefone. O velho militar ficou com medo de um dia atender o telefone e lhe comunicarem o seu próprio falecimento. O coronel ensaiou esta graça com um sorriso triste.

— *Conte-me lembranças da sua família* — pediu Angelina.

— *Tive mulher e filhos, nunca tive família* — respondeu o militar.

— *E não se sente só, meu coronel?*

— *Uma pessoa apenas fica só depois de perder todas as crenças.*

Angelina retirou da sua mala uma caixa de costura. Lentamente, começou a bordar uns panos. Nesse instante, o coronel repreendeu-a com severidade.

— *Que absurdo, uma militar dedicada à costura?*

— *Eu explico, meu coronel: esta é uma missão de que fui incumbida. O que bordo nestes panos são mensagens codificadas. Enviamos estes lenços bordados para os nossos agentes infiltrados nas forças inimigas.*

— *Códigos secretos em lavores de mulheres? Não lembra ao diabo.*

— *Exatamente por isso, meu coronel. Ninguém imagina que há mensagens cifradas em lenços de algodão. Posso ensiná-lo a costurar, o senhor podia ajudar...*

— *Costurar, eu? Está maluca?*

Permaneceram calados durante um longo momento. Até que o coronel trouxe à baila uma lembrança: a da esposa, chamada Celestina, sentada a seu lado com uma caixa de costura igual àquela. Só agora ele percebia o sentido daqueles lavores: Celestina bordava para suturar a alma. Na caligrafia dos fios, a esposa enviava recados secretos para a mulher que sonhara ser. Foi nestes termos que Celestina se explicou quando anunciou que saía de casa para nunca mais voltar. Mais tarde enviou uma carta para lhe confessar que abandonara o lar por uma outra razão. Durante a noite, do leito do casal emergiam lamentos e queixumes. Aos poucos, Celestina foi capaz de decifrar essas vozes: eram gritos de crianças. Escapavam não pela boca do marido, mas pelos poros, como se fossem gotas de suor.

— *Não fui eu que as matei, oficial Angelina. Vi essas crianças morrerem. E nada fiz para que não acontecesse.*

— *O senhor ainda se sente culpado?* — perguntou Angelina.

— *Ninguém se pode sentir culpa por aquilo que não tem perdão.*

No assalto às bases do inimigo, o coronel Covas dava ordem aos soldados para que não fizessem prisioneiros. Ei-lo agora, prisioneiro do que foi, a alma para sempre amarrada ao uniforme. As lembranças que aos poucos o militar foi partilhando com Angelina tombavam como as folhas das árvores africanas, pegadas de demónios que nunca envelheciam. E o coronel foi atravessando, imóvel, essa pátria que nunca foi dele.

Vendo-o tão derrotado, Angelina sentou-se no chão junto à cadeira do coronel e pousou sobre as pernas de Aníbal Covas os panos, as agulhas e o novelo de linhas.

— Todos estes materiais são dela, da Celestina — murmurou Angelina.

O coronel debruçou o rosto sobre os joelhos como se o peito fosse um abismo. Depois, pegou na caixa, levou-a ao rosto e aspirou o cheiro dos panos. Os seus olhos eram da cor das folhas que ele mesmo pisara na savana africana. O coronel chorava, os dedos entrelaçando os panos como se bordassem.

Angelina tocou-lhe nas mãos. Depois acariciou-lhe o rosto. *Vai ficar tudo bem, meu coronel*, afirmou. Covas contemplou o rosto da moça e estremeceu. Tinha medo dos profetas. Tinha mais medo ainda dos sonhadores. E o sonhador, naquele momento, era ele mesmo.

— *Tire essa roupa, eu ajudo-o a se despir* — sussurrou Angelina, começando por lhe desapertar as botas. — *Tire essa roupa e venha para o seu quarto.*

— O que está a fazer, oficial Angelina?

— Sou eu, a Marília.

Angelina, aliás, Marília, conduziu o atarantado Aníbal Covas pelo corredor enquanto escutava a sua voz cada vez mais frágil: — *Oficial Angelina, que afronta ao decoro militar, vou participar desta sua conduta...*

— *Eu ajudo-o a sair dessa farda. Veja, meu pai, trouxe o seu velho pijama. O senhor vai sair para sempre dessa farda.*

Nessa noite, o velho coronel dormiu como se nunca tivesse havido guerra.

# Colóquio de pedras

*Aquela cativa*
*Que me tem cativo,*
*Porque nela vivo*
*Já não quer que viva.*
Luís de Camões

Júlio Macavira despertou com ruídos estranhos na praça. Afastou as cortinas, curioso. As noites da Ilha de Moçambique sempre foram pacatas. Agora, com o confinamento, esse sossego tornou-se um silêncio espesso que habita as casas, as pessoas e as ruas desertas. Júlio espreitou pela janela e a alma toda lhe aflorou aos olhos quando viu, no centro da praça, o navegador Vasco da Gama a descer do pedestal. Chamou a mulher, titubeante:

— *Vitória, acorda e vem aqui, rápido: a estátua... o Vasco da Gama está-se a ir embora...*

A mulher virou-se para o lado, enfastiada. Fazia tempo que Júlio não lhe dava atenção, há muito que os olhos dele não procuravam os dela.

— *Tens que aumentar a dose dos comprimidos* — sussurrou a mulher para logo voltar a adormecer.

Júlio tomou um novo sonífero e enroscou-se na cama. A mulher ainda teve esperança de que ele desse conta da sua presença, os braços nus acariciando-lhe o peito. Esforços vãos. *Malditos comprimidos*, praguejou Vitória.

Na noite seguinte, Júlio voltou a escutar ruídos vindos da praça. E lá estava, uma vez mais, a estátua evadindo-se do pedestal de pedra. Desta feita, o homem não acordou a esposa. Desceu as escadas, fechou cuidadosamente o portão e, como uma sombra, seguiu a estátua que arrastava os pés deixando ferrugentas pegadas na areia. Quis fotografar, filmar, registar o inimaginável evento. Deu conta de que se tinha esquecido do telefone em casa.

Vasco da Gama não foi longe. Parou junto à estátua de Luís Vaz de Camões, seu eterno vizinho. Estava ofegante, mais exausto do que no fim de uma viagem entre continentes. O navegador instou o poeta a descer: um assunto urgente obrigava a uma conversa sigilosa. Camões declarou que tinha dificuldade em se mover. A visão monocular não lhe permitia calcular bem as distâncias. Um pé em falso e era a morte do artista.

Agitado, Gama alertou: andava pelo mundo um movimento reclamando o derrube das estátuas. Se não as derrubavam, desfiguravam-nas com tintas sujas e frases feias. O poeta encolheu os ombros e relembrou os seus próprios versos: "Mudam-se os tempos, mudam-se as vontades".

— *De qualquer modo, não posso circular pela cidade* — acrescentou o poeta, em surdina. — *Há por aí descendentes meus que, com certeza, me vão pedir dinheiro.*

— *Meu caro poeta, você não está a entender* — avisou Vasco da Gama. — *Eles andam a vasculhar os livros à cata de incorreções, com diligência maior do que os inquisidores do Tribunal do Santo Ofício.*

— *Antes de condenar* Os lusíadas — argumentou o poeta — *terão que questionar a própria Bíblia, o Alcorão, a Torá.*

— *Não se esqueça* — insistiu o navegador — *de que você celebrou os descobrimentos, vilipendiou os mouros e ocultou que foi um piloto muçulmano que o guiou até chegar à Índia.*

— *Confesso-lhe uma coisa, amigo Vasco, esses assuntos pouco me apoquentam* — suspirou Camões. — *Não pedi para ser estátua, vivi sem glória, morri sem esplendor. Saí vivo desta ilha apenas porque um amigo me pagou a viagem. Pensando bem, se me tirarem do pedestal até me fazem um favor. Quem sabe reencontro por aí a escrava Bárbara a atravessar a rua. Ouvi dizer que ela passou a ser dona de escravos...*

O almirante Vasco da Gama desistiu dos seus intentos e regressou à sua praça. Custou-lhe subir para a base do monumento. Amaldiçoou os que haviam arrancado da laje a inscrição com o honroso título de "Descobridor de Moçambique". Como lhe daria agora jeito essa base para apoiar os coturnos e escalar a pedra, sua derradeira carne.

Vencendo o estupor, o sonolento Júlio Macavira deu um passo em frente e ofereceu-se para ajudar o navegador. Apoiou as mãos no traseiro do navegante, escutou os pungentes gemidos, rezando para que ninguém o surpreendesse naqueles propósitos. Cumprida a penosa missão, apresentou-se, tímido:

— *Sou Júlio, seu vizinho.*

— *O fidalgo também é marinheiro?* — perguntou o navegador português.

— *Sou historiador moçambicano* — esclareceu Júlio.
— *Navego só na internet. Mas agora estou reformado.*
— *Que inveja tenho de si* — murmurou Vasco da Gama antes de regressar à sua habitual imobilidade.

Júlio dirigiu-se a casa. Não voltou logo ao leito. Despediu-se da esposa e deixou-se ficar no sofá da sala. Ligou o gerador para ver o noticiário da televisão e confirmou a onda mundial de contestação das estátuas. Na manhã seguinte, a esposa encontrou-o sentado na mesma posição em que o havia deixado antes, os olhos fixos na poeira luminosa do ecrã. Júlio pediu à esposa que fosse chamar os velhos curandeiros, que eram dois irmãos gémeos que moravam junto à praia. Dizia-se que eram tão parecidos que nem mesmo eles próprios se sabiam distinguir.

À hora do almoço Júlio recebeu no quintal os dois adivinhos. Na cozinha, Vitória não conseguiu ouvir o que os homens diziam, sentados sob a imensa sombra da figueira-da-índia. Apenas reparou que, à despedida, o marido puxava da carteira para gratificar os benzedeiros.

Nessa noite, Vitória observou da janela o marido a dirigir-se para a praça acompanhado pelos dois feiticeiros. Viu que se sentavam no chão junto à base da estátua. Trocavam palavras entre si, mas depois parecia que falavam para as estrelas. No final andaram às voltas em redor da estátua. E era claro: usavam as pernas para medir a largura do terreno.

— *O que foi aquilo ali na praça?* — perguntou, intrigada, assim que o marido regressou a casa.
— *Tivemos uma reunião* — respondeu Julinho.

— *Tivemos, quem?* — voltou a perguntar a esposa.
— *Eu, os curandeiros e mais outros.*
— *Que outros?*
— *Os heróis. Estavam ali os velhos heróis da nossa terra, os que nunca tiveram estátua, o Mucutu-Munu, o Khomala, o Kuphula, o Molid Volay e Mussa Quanto. Quem trouxe esses antepassados foram os curandeiros* — explicou o marido. — *Não vais acreditar, Vitória, mas eles fartaram-se de conversar com o Vasco. Eu ajudei a traduzir.*
— *Marido, estou a ficar assustada. O que se passa contigo?*
— *No início houve muita tensão. Até que decidi falar, sim, tive que interromper a discussão: no fundo, todos eles, europeus e africanos, queriam a mesma coisa. É pena não estar ali a Bárbara.*
— *Que Bárbara?* — estranhou a esposa.
— *A namorada do Camões. Essa que foi escrava, ela bem podia dizer ali umas verdades.*
— *Não quero ouvir mais, marido* — murmurou Vitória enquanto recolhia as chaves de casa. — *Vou chamar o médico cubano, o dr. Walter, ele tem que vir já... estátuas a falar e mortos a caminhar, tu não estás nada bem, Júlio.*

E saiu desaustinada pela ruela de areia. Os pés descalços pisavam dois sulcos gravados na areia que desembocavam na estátua de Vasco da Gama. Ainda escutou o marido a gritar da janela:

— *Vamos fazer uma praça nova, mulher. Amanhã mesmo começamos a construir estátuas novas. Estátuas de todos, estátuas para todos. Nativos e forasteiros, amigos e inimigos. Tudo junto, ali no mesmo terreiro. Quem vier à praça vai escutar as estátuas a conversar.*

Ao passar pelo monumento a Vasco da Gama, Vitória afastou-se com receio de que uma sombra tombasse sobre ela. Mais à frente pareceu-lhe escutar a voz de Camões: *és tu, Bárbara?* Abrandou a marcha e emprestou um embalo às ancas à espera de escutar um galanteio do poeta.

# A cicatriz

> *A cadeira em que envelheces foi
> a primeira onde te sentaste.*
> Provérbio africano

Todos os dias acordo e ponho os pés fora da cama na esperança que os tenha perdido durante o sono. Em vão. Todas as manhãs, lá estão eles, os meus pés cada dia mais gordos, cada dia mais tortos e ensonados. E a cicatriz no peito do pé esquerdo é um remendo cada vez mais justo. Dói-me essa pele que não lembro nunca de ter sido minha.

Às vezes, ocorre-me que o chão tenha desaparecido e a cama esteja suspensa no vazio. Esta noite, a luz demorou a chegar. Porque tive lembranças longas e a minha família inteira veio em sonhos me visitar. Há mortos que nos visitam para serem lembrados. Os meus mortos querem que os esqueça. Têm medo dos meus sonhos. Medo das minhas rezas. Para os acalmar disse-lhes que escreveria estas linhas. É apenas por isso que vos falo dos meus parentes. Foi promessa que lhes fiz.

O meu avô foi coveiro. Durante os anos da guerra ele tanto escavou a terra que foi ficando marreco, os ombros cada dia mais perto dos pés. Um dia ele não conseguiu se endireitar. Estava tão dobrado que o tínhamos que o deitar para que lhe dar de comer e beber. Fixámos os cabelos com brilhantina para que não roçassem pelo chão. Quando morreu precisou apenas de meia cova. E isso o deixou feliz, porque ele se apoquentava com a falta de terra neste mundo onde abundam a fome, a guerra e a miséria.

O meu pai teve um destino engrandecido: foi dono de uma funerária. A empresa chamava-se Eterna Esperança. O pai recebia os clientes como se estivesse numa agência de viagens. Fotografias coloridas dos caixões constavam de um catálogo de luxo. Nas fotos, encostada aos caixões, surgia a minha mãe em estudada pose, com ousados decotes e sorrisos de cinema. Uma vez reclamei desse ofensivo tom publicitário. É para os distrair, coitaditos, defendeu o meu pai. E explicou: os clientes vinham cegos pela tristeza. Como se pode escolher uma urna para quem dormiu na nossa cama?

— *É por isso, minha filha, que temos que ser, ao mesmo tempo, vendedores e clientes. Os que nos procuram, naquele momento, não são ninguém. Estão a começar a ser viúvos e órfãos.*

A minha mãe chamava-se Dorinha Malaquias. Foi ela que me ensinou a arte de fazer florir as pedras do cemitério. O seu mais requintado ofício, porém, era a maquilhagem dos mortos. Era nessa empreitada que ela realmente se esmerava. Ninguém tem mais pele do que um morto, era o que dizia Dorinha. Não há rosto mais amplo, não há tela mais ao dispor da vaidade. Segurava as minhas mãos e sussurrava: cada um dos teus dedos tem que saber florir, minha filha. Porque é na face do morto que a morte faz a sua assinatura, rematava ela de modo assertivo.

Em público, porém, Dorinha Malaquias revelava apenas pela metade a sua identidade. Sou maquilhadora, dizia sem mencionar a natureza singular dos seus clientes. No dia em que sentiu que estava a morrer, a mãe arrumou os estojos, caixas de cremes, tintas, pincéis e panos. Colocou tudo numa maleta e ordenou:

— *Vem, filha, vamos trabalhar no meu último rosto.*

Não sei por que se colocou sentada em frente do grande espelho. Assim que ocupou a cadeira, fechou os olhos e desfiou um rosário de explicações sobre a sua profissão. Redimia-se perante antigas e fundas culpas: todos se pintaram, murmurou, cravando os dedos no meu braço. Todos se pintaram, repetiu ela, rainhas e escravos, sacerdotes e guerreiros. Usaram pós, cremes e tintas para corrigir defeitos, para criar sedução e derramar beleza. Mas mais do que tudo, porém, as pessoas escreveram na pele a história que lhes faltava na alma. Assim falou minha mãe, Dorinha Malaquias.

— *E essa cicatriz por baixo do queixo, mãe? Que história está escrita nessa cicatriz?*

Sempre de olhos cerrados, a minha mãe relembrou uma noite em que o meu pai chegou a casa perdido de bêbedo. Não veio para o quarto de casal onde ela o esperava. Entrou na arrecadação onde eu dormia. Trazia uma garrafa numa mão, a outra mão ocupada em desapertar as calças. A minha mãe precipitou-se desenfreada, peito afora e porta adentro e usou a garrafa de vidro para o agredir. Lutaram os dois pela posse daquela improvisada arma que acabou tombando sobre os meus pés. Nessa altura, acordei e os meus pais gritaram: *ai, filha que pisaste um vidro!*

Foi essa história que a minha mãe contou no mesmo dia em que morreu. E disse mais: que não tinha sido a primeira vez que o meu pai se enganara de quarto. Era um engano antigo na família. E nas famílias todas feitas de homens e mulheres, de filhos e de filhas.

Terminei a maquilhagem, fez-se silêncio e eu conhecia esse silêncio dos velórios na nossa agência. Foi quando a mãe me pediu para que lhe deixasse o queixo sem qualquer disfarce. Eu que retirasse todo o pó de arroz que lhe retocava o antigo golpe.

— *Quero que todos vejam essa cicatriz.*

Nessa noite, a minha mãe morreu e eu não tenho a certeza se o que dela recordo é o seu rosto em vida ou a sua derradeira máscara. Depois do funeral, decidi trazer sempre à vista a minha cicatriz. Passei a viver descalça. E é descalça que vou morrer. Não tive carícia maior: uma vida inteira, os pés afeiçoando-se à madeira do chão. Como quem chega a casa e encosta a cabeça sobre o seu próprio ombro à espera de um afago que nunca chega.

Frente ao espelho, todas as noites me maquilho, pensando que não voltarei a acordar. A maquilhagem é simples e demora menos que um instante. Trata-se apenas de lavar o rosto e o corpo. Depois adormeço nua, a minha pele estendida sobre o leito como se a minha vida inteira se tivesse desembrulhado. Afinal, todo o meu corpo é uma imensa cicatriz.

# A próxima visita

Entro na sala de espera do hospital com receio de que o teto desabe sobre mim. Há rachas nas paredes e as cadeiras de plástico quebradas lembram um cenário de guerra. Reparo no homem que está sentado na primeira fila, o corpo debruçado sobre os joelhos e as mãos amarfanhando uma velha boina. É o único ocupante daquela grande sala. Um enfermeiro de bata branca passa junto à parede do fundo. É um anjo sonâmbulo. Desaparece num ápice como se escapasse de uma doença contagiosa. E a doença é aquele lugar.

Cumprimento o solitário visitante antes de ocupar o meu lugar. Sem levantar o rosto, o homem dá-me os bons-dias. A esposa está na sala de partos, murmura ele como se rezasse. Há horas que espera por notícias. E logo retifica o que acaba de dizer: — *Não é verdade. Cheguei há pouco.*

Não importa o tamanho da espera. A diferença está na idade de quem espera. É o que ele diz enquanto acaricia os joelhos como se neles se desenhasse o redondo da velhice.

É o seu sexto filho. Espero que seja menina, declara batendo com a boina nas pernas. Espreme a boina entre os dedos, como se o pano lhe trouxesse um conforto.

— *A gente aqui aprende a nascer, doutor.*

Não sou doutor, explico. Pela primeira vez, o fulano fixa o rosto em mim. Aquele olhar de felino me incomoda. Ofereço-me para lhe trazer um copo de água. Não é sede que sinto. É vontade de não estar naquele lugar. Regresso depois sem copo e sem água. A máquina avariou. Resta um destroço no meio do corredor.

Volto a sentar-me. O meu vizinho tinha encaixado a minha cadeira por cima de outra cadeira. Assim, o senhor fica mais seguro, explica-me sorrindo. Com relutância retiro da minha bolsa um livro. Abro-o ao caso, quero apenas um refúgio dentro do papel.

Depois de um silêncio, aquilo que receava começou a suceder. Não há desconhecido que não tenha propostas literárias.

—*Já vi quem é o senhor. Sendo escritor podia escrever um livro com o seguinte título:* Como nascer ainda em vida. *Ou talvez melhor:* Como viver sem nunca ter nascido.

Sorrio e volto a embrenhar-me na leitura. Reparo que o homem faz surgir da boina um encardido papel. É uma receita médica. Finge que se concentra na leitura dessa folha. E eu faço de conta que fui sugado pelo livro.

— *Menti-lhe* — declarou o homem ao fim de um tempo.

— *Quando?*

— *Quando lhe disse que espero por um filho.*

— *E por que me mentiu?*
— *Não sei.* — E fez uma pausa como se enfrentasse o pudor da próxima revelação. — *Estou doente. Passei anos internado... está a ver aqui a receita? Já é antiga, depois desta já me passaram dezenas de outras. Mas gosto desta, veja o nome do medicamento.*

Estende-me a receita pedindo que a leia em voz alta. Não há naquele papel nada que seja legível. Por cima de uma desbotada prescrição médica alguém rabiscou umas tantas linhas com indecifrável caligrafia.

— *Não consigo ler...* — declaro. E devolvo o papel.
— *Não era uma receita, era uma condenação. Por cima dessa sentença escrevi com a minha letra. Esses gatafunhos são meus.*

Volta a segurar a folha de papel. Reparo então nos seus dedos mutilados. Duas falanges decepadas na mão direita. A outra mão não parecia estar em melhor estado. Fiquei curioso em saber que doença o sujeito padecia. Escolhi um atalho, por delicadeza.

— *Que medicamento lhe receitaram?*
— *A morte, meu caro. Receitaram-me a morte em pequenas doses. Foi por isso que escrevi: para não se perceber o que estava por baixo.*

Volto à leitura, na esperança que aparecesse alguém e me salvasse do peso daquela dupla solidão. Sentindo-me ausente, o homem pediu num murmúrio:

— *Não me quer ler um pouco desse livro?*

Olhei em volta, embaraçado. Nunca tinha lido em voz alta senão para mim. Naquele momento, medi pela primeira vez a intimidade dessa partilha. Era como se usasse a voz para desnudar a alma. Não tinha passado do primeiro parágrafo e já o homem interrompia a leitura.

— *Andei de consulta em consulta, saltitei de análise em análise. Conheço este hospital como a palma das minhas mãos.*

Ainda tentou mostrar-me as mãos, mas emendou a tempo o gesto. Embrulhou-as com a boina e assim como se usasse luvas apontou para o teto e para as paredes.

— *Com estes dedos como posso terminar o que escrevi?*
— *E o que tinha escrito?*
— *Vai-se rir. São versos. É um poema que fiz para os meus filhos. Escrevi-lhes estes versos e nem eu os posso ler...*

Pela primeira vez, contemplei o rosto do homem. Havia nele uma falsa indigência, um mistério que, ao mesmo tempo, me atraía e me inquietava. Curiosamente, a rudeza daquele homem era a única marca de humanidade naquela sala. E ficamos, por um instante, olhos nos olhos como se ambos nos lembrássemos de um qualquer prévio encontro.

— *Menti-lhe* — disse ele. — *Agora, sim, vou-lhe contar.*

Foi então que confessou a razão da sua presença naquele lugar. Ele tinha sido condenado a anos de prisão. Quando finalmente foi posto em liberdade, a família recusou recebê-lo na antiga casa. Tinham vergonha dos vizinhos, tinham medo de que ele voltasse a ser violento. Era aqui, nesta sala, que ele se encontrava com a mulher, os filhos e os primos. Na hora de visita os parentes ali se juntavam. Havia, no início, um leve sabor de festa. Aos poucos, porém, os familiares foram deixando de comparecer. Até que restou ele e mais ninguém.

— *Fiquei eu, estas mãos e este papel.*

Inclina-se sobre mim, espreita as horas no meu pulso, ajeita a boina sobre a cabeça e anuncia que se vai a retirar. Antes, porém, deixa tombar a receita sobre o meu colo. — *Fique com esse papel* — disse o homem. — *Quem sabe o senhor, sendo poeta, saberá adivinhar que versos se escondem nesses rabiscos...*

Afasta-se em direção à porta. Antes de se retirar, pergunta:

— *Amanhã, pode vir outra vez?*

1ª EDIÇÃO [2023] 2 reimpressões

ESTA OBRA FOI COMPOSTA PELA SPRESS EM GARAMOND E IMPRESSA
EM OFSETE PELA GRÁFICA BARTIRA SOBRE PAPEL PÓLEN NATURAL
DA SUZANO S.A. PARA A EDITORA SCHWARCZ EM FEVEREIRO DE 2024

A marca FSC® é a garantia de que a madeira utilizada na fabricação do papel deste livro provém de florestas que foram gerenciadas de maneira ambientalmente correta, socialmente justa e economicamente viável, além de outras fontes de origem controlada.